長崎の心を
今に伝える味づくり

長崎市江戸町1番1号
http://www.bunmeido.ne.jp

カズオ・イシグロ

Kazuo Ishiguro
Memory of Nagasaki

の長崎

平井杏子
Kyoko Hirai

はじめに

　日本生まれの英国人作家カズオ・イシグロが、2017年度のノーベル文学賞を受賞した。スウェーデンのノーベル賞選考委員会が明らかにした選考理由は以下のようなものである。「イシグロの小説は、人が抱いている、世界との結びつきという幻想的感覚の背後に隠れた、底知れぬ深淵を、卓越した感情の力で暴いた」と。「卓越した感情(emotion)の力」とは、まさにイシグロ文学の本質をいい当てたことばである。
　イシグロは〈エモーション〉すなわち〈感情〉という語を頻繁につかう。たとえば、こんなふうに。「自分に課している役割は、感情(emotion)を物語に載せて運ぶということです。(略)その小説の主題となっている『感情』が適切に伝わることが、わたしには大事なのです。わたしが小説を通してやりたいのは、時代や空間を超えて伝わる『感情』を描き出すことです」(『WIRED(日本版)』2015.12)。
　イシグロが〈感動〉と同義語の〈エモーション〉に強いこだわりを示すのは、彼の音楽的な資質と深い関係がある。若い頃の一時期、ミュージシャンになることに憧れたイシグロは、ボブ・ディランやレイ・チャールズ、ニーナ・シモン、トム・ウェイツなどの歌唱から大きな影響を受けた。心揺さぶられる旋律や歌詞に出会ったときの感動を、小説中の人物造型に生かしたこともある。

小説家であるイシグロが読者の心に共振を呼び起こそうとする〈感情〉とは、彼の内にどのように醸成されたものなのだろうか。イシグロが伝えたいという〈感情〉の通奏低音は〈記憶〉である。イシグロの描く人物たちの悔恨も苦悩も悲哀も喜悦も、イシグロ小説の主題である〈記憶〉という基底音とともに運ばれていく。そしてこの〈記憶〉が、イシグロの日本、とくにイシグロの長崎と分かちがたく結びついていることを否定するものはいないだろう。
　イシグロが口にする〈エモーション〉という語が、多くの場合、日本についての発言のなかに見られるのはだから不思議なことではない。たとえば1983年に英国籍を取得したときの感懐を振り返ったときのことばはこうである。「感情的には日本ですが、すべての実用的な理由から、私はイギリス国籍を選びました」(『文学界』2006.8)。また初期の作品に繰り返し日本が描かれた意味を問われると、「私は自分の小説の中で個人的な、想像上の日本を作ることを感情的に必要としていたのです」(『中央公論』1990.3)、あるいは、「西欧で育ちながら、感情は日本とつながって魅せられたままでいるという子供のときの状況があったからです」(『文学界』2006.8)などと答えている。
　だがいっぽう、英国で脚光を浴び始めたころのイシグロは、

日本や長崎、ことに原爆との関係を過剰に喧伝されることに強い抵抗を示していた。「私にとっては、言わば舞台設定は、単なる技術の一部であり、大した決意でもありません」、「表面は装飾の一部です」、「私が問うのは、底流にあるヒューマン・ストーリーです」(『文学界』2006.8)と。イギリスを舞台にした『日の名残り』執筆中のインタビューでも、「私に関してイギリスの批評家がいつも言い立てるのは、作品の中の〈日本らしさ〉ばかりです。(略)ほとんどの批評家は日本文学に親しんだことがないにもかかわらず」(『イギリス人の日本観』1990)などと苛立ちを見せ、批評家のなかには、「イシグロは先のふたつの作品が、日本人という固定観念をもって見られたことから、どうしても逃れたかったのだ」(*Kazuo Ishiguro*, 2000)と指摘する声すらあったのである。

　その後、折に触れてイシグロは、自らの小説が、ドストエフスキーやジェーン・オースティン、ブロンテ姉妹、プルースト、チェホフ、そしてコナン・ドイルやアガサ・クリスティなど、西洋文学の手法のもとに書かれていることを力説し、批評家からはフランツ・カフカやサミュエル・ベケットなどとの近接がしばしば指摘されることもあった。

　しかし今では、ノーベル文学賞の発表後の会見で彼自身も

口にしたように、イシグロは日本人作家でもなく、英国人作家でもなく、「ただの、ひとりの作家」であることが、広く世界に受け入れられつつある。批評家のバリー・ルイスがかつて「イシグロの日本は国ではなくシステムである。彼が日本と呼ぶシステムなのだ」(*Kazuo Ishiguro*, 2000)と指摘したことの正しさが、その後につづく作品に描かれた英国や東欧や上海やブリテン島が、すべて実在の場所ではなく、ルイスのいう「システム」すなわちただの舞台装置に過ぎないことによって判明したからである。

　デヴュー当時からイシグロを評して使われた〈ボーダレス作家〉、〈インターナショナル作家〉、そして時には〈ホームレス作家〉という呼称の真の意味がようやく理解されようとしているのだ。

　しかしそれでも、イシグロの小説の原点は、やはりここ日本の長崎にある。ノーベル賞決定後の会見でイシグロは、消え薄れていく記憶のなかのナガサキを、無我夢中で書きとめたあの日々がなければ、作家になってはいなかったとも述べた。小説の表層に現われたトポス(主題の場)としての長崎ではなく、物語の底流に流れる〈エモーション〉の源流としての長崎を旅してみたいと思う。

ノーベル賞授賞式

グスタフ国王からメダルをうけるカズオ・イシグロ（左）
受賞後に喜びのスピーチをする表情は凛々しい（上）
ローナ夫人と娘ナオミさんに祝福されて満面の笑み（下）
〔写真提供：共同通信社〕

Contents

はじめに	はじめに	2
フォトリポート	ノーベル賞授賞式	6

第一章　生誕の地
長崎市新中川町というカズオ・イシグロの原点

新中川町界隈の風景	12
エデン的記憶	13
諏訪神社の大祭、長崎くんち	16
石黒家のかつての姿	18
写真に残る長崎の暮らし	20
Column ①　石黒家とカズオ・イシグロの思い出	24

第二章　家族のこと
祖父と両親の個性的な生き方

上海で仕事をした祖父	30
租界での思い出	32
帰国、そして長崎へ	34
父鎮雄氏の仕事	37
Column ②　カズオの祖父が建てた祠発見	38
両親の結婚	41
石黒鎮雄氏の業績	41
一家で渡英	43
鎮雄氏の音楽の才能	43
Column ③　ピアノを弾く海洋学者	48

第三章　カズオ少年の長崎
そしてイギリスへ

記憶のかたち	56
カズオ少年の思い出	57
読書好きな少年	60
桜ケ丘幼稚園	62
イギリスへ	67
ギルフォードの家	70
Column ④　文学的素養のあった母の実家	76

第四章	1	遠い山なみの光	82
		エツコの語りの曖昧さ	82
		時代のくいちがい	84
		イナサからの遥かな眺望	87
小説のなかの 長崎と日本		ねじれた地図	91
		ほんとうに書きたかったこととは	94
	2	浮世の画家	96
		主題はイシグロ自身の生き方	96
		ここは長崎ではない、とイシグロ	98
		マスジ・オノの物語	100
		西洋文学の影響	102
		長崎の片鱗	104
第五章	1	日の名残り	112
	2	充たされざる者	115
〈遠い記憶〉 の残響	3	わたしたちが孤児だったころ	118
	4	わたしを離さないで	123
	5	忘れられた巨人	126
おわりに			130
カズオ・イシグロ年譜			134
参考文献			138

表紙・カバー写真／ノーベル賞受賞記念講演するイシグロ（共同通信社提供）

第一章

生誕の地

長崎市新中川町という
カズオ・イシグロの原点

写真／新中川町と彦山

新中川町電停

蛍茶屋電停

新中川町界隈の風景
「蛍茶屋」という風雅な地名の近く

　カズオ・イシグロ（石黒一雄）は、長崎市新中川町に、石黒家の長男として誕生した。1954年（昭和29年）11月8日のことである。
　路面電車の〈新中川町〉で降りて、中島川（なかしまがわ）にかかる小さな橋を渡り、細く曲がりくねった路地を抜けた先に、その屋敷跡がある。〈新中川町〉の停留所のひとつ先が、この路線の終点〈蛍茶屋（ほたるぢゃや）〉で、その風雅な名は、中島川の上流にあたるこの地の、蛍が舞う水辺に、かつて旅人のための茶屋があったことに由来する。電車の駐機場となっている蛍茶屋車庫の右手は、今では道路が拡張され、交通量も増えて、山道に至る往時ののどかな風景は消えてしまったが、左側の細い道をたどって、右手に古い商店街を、左手に墓地を眺めながら裏手にまわると、今も江戸時代の面影をそのままに残す一ノ瀬橋という小さな石橋がある。ここはかつて長崎と福岡の小倉を結ぶ長崎街道の起点であった。
　新中川町は、風頭山（かざがしらやま）麓の北斜面一帯に階段状に広がる町で、イシグロが『遠い山なみの光』に描写したように、狭い石段や急坂

蛍茶屋の墓地と商店街

現在の一ノ瀬橋

をはさんで、二百戸ほどの民家が折り重なるように建っている。路地は石垣や家屋の外壁伝いに折れ曲がり、ふいに行き止まりになったりする。イシグロ文学に見られる空間の歪み、くねった道筋は、この地で幼児期を過ごしたイシグロの無意識の層に組み込まれた記憶から萌芽したものではないかとさえ思えるほどだ。

エデン的記憶
〈中川カルルス〉の風景

　このあたりは戦前、中川カルルスという名で市民に親しまれる保養地だった。明治20年ごろ、川沿いに吉野桜千本が植えられたのがはじまりで、その後、中川カルルス温泉郷が開業された。チェコ共和国のカルロヴィ・ヴァリ温泉（ドイツ語のカルルスバート温泉）の源泉を人工的に真似た湯を作ったのが名前の由来である。チェコの風景と似ているところから、東京医学校（現東京大学医学部）にドイツから招かれた、お雇い外国人の一人エルヴィン・フォン・ベルツ博士が命名したともいわれている。
　長崎の県立図書館で読んだ坂口義雄という人の手書きの原稿

現在の中川カルルス跡

料亭橋本

をまとめた『大正初年と其の前後　長崎逍遥』という冊子には、「仮設の花見茶屋が数軒建並び店先の宴台や床几には赤毛氈が布かれ桜の枝には雪洞に短冊を着けた風流の灯が燈され夜桜見物の客に対し酒肴や寿司の外桜餅などが注文に応じて出されていた」とある。

　あたりは春ともなれば、上流の方角に見える彦山を背に、淡紅色の花がたわわに咲き乱れ、行楽の人びとや夜桜見物の客でにぎわう、まさに長崎の桃源郷と呼ばれるにふさわしい場所だったのだ。そのため周辺は、当時から今に至るまで、比較的裕福な人びとが集まる住宅地となっている。戦時中に桜の木は伐採され、戦後、温泉も姿を消したが、往時を知る古老にとって、カルルスとは、懐かしい郷愁を誘うことばだったのである。

　もちろんこれは、イシグロが生まれるずっと昔の話で、イシグロの記憶の片鱗にすら残存するはずのない光景だが、気泡に包まれたような幼少期の〈エデン的記憶〉が、人びとの心に救済と癒しをもたらすための一種のモデルとなり、人類の希望への道筋となると、繰り返し説く、ノーベル賞作家の生地にふさわしい、土地の記憶である。

上／長崎街道の入口にある一ノ瀬橋。江戸時代末期撮影（長崎大学附属図書館蔵）
下／絵はがきになったむかしの長崎カルルスの桜（ブライアン・バークガフニ氏提供）

Cherry Blossoms Kalulusu, Nagasaki. 長崎カルルスノ櫻

諏訪神社の大祭、長崎くんち

　かつて英国サリー州ギルフォードに、イシグロの両親を訪問したとき、長崎くんちの出し物「鯨の潮吹き」や「コッコデショ」の刺繡をした小さな額と諏訪神社境内での奉納踊りを記録したDVDを持参したことがあった。「まだこんなに華やかな祭りがつづいていたとは知らなかった」と驚きの声をあげて喜ばれ、帰国後にいただいた手紙には、「自分でも驚いたくらい、なつかしく、いとおしい気持ちでいっぱいになりました」とつづられていた。それは長崎で暮らしたことのある人びとに共通の思いなのかもしれない。

　新中川町は、10月に長崎くんちの大祭がおこなわれる諏訪神社の前の停留所まで、〈新大工町〉という路面電車の電停をひとつはさんだだけの、わずか10分ほどの徒歩圏内にある。新中川町は、1913年（大正2）に、それまでの上長崎村馬場郷から町名変更されるまで、長崎市の旧市街地からは、わずかにはずれた場所にあり、長崎くんちで七年に一度、神社に出し物を奉納する「踊町」のメンバーには入っていない。

諏訪神社

　けれども、6年ごとにめぐってくる神輿守町なので、神輿や出し物や和服の極彩色があふれた、華やかな祭りの記憶は、大人たちにとっては忘れられないものであるに違いない。わずか5歳半までの年月をこの地で過ごしたとはいえ、イシグロの書くものに、いままでのところ長崎の祭りを彷彿させるモチーフが一度も現れたことがないのは、かえって不思議な気がするほどだ。

長崎くんち 諏訪神社での奉納(昭和38年10月)
(堺屋修一氏提供)

生家跡に残る築山

1989年の生家跡

石黒家のかつての姿
小津安二郎の映画に似て

　新中川町の丘陵地のふもとを流れる中島川のそばに、石黒家は、この近隣ではかなり広い、140坪の土地を有していた。イシグロが、1960年（昭和35）4月に、両親や姉とともにイギリスへ渡ってからは、祖父母の昌明氏と嘉代さんがこの地に残り、イシグロの幼年時代の記憶をつなぎとめる役割を果たしていたが、1971年に祖父昌明氏は87歳で亡くなった。その後しばらく祖母嘉代さんはひとり暮らしをしていたが、やがて福岡に暮らす長女英子さんのもとに引き取られて行った。一時期ＫＴＮ（テレビ長崎）の局員が借家住まいをしていたというが、その後一年ほど空き家となり、そのころには庭も草むし、石灯篭などをこっそり持ち出す不埒な者も現れたらしい。

　嘉代さんは1981年に91歳で亡くなり、屋敷を受け継いだイシグロの父鎮雄氏から、1989年（平成1）にこの土地を購入し、翌年、新たに家を建築したのは、故吉田秋義氏だった。現在は、その子息の良三、國子夫妻、良三さんの妹啓子さんの三人が、イシグロ生誕の地を、大切に守っている。一家はいまも東浜町で、古くから

生家跡に残る石灯篭

つづく婦人服店を経営しておられる。國子さんの父は、1990年の雲仙普賢岳大噴火の折りに、被災地で陣頭指揮を執り、髭の市長として親しまれた鐘ヶ江管一元島原市長である。

　芝生におおわれた広い庭の奥には、生い茂ったツタの陰に、表面がざらざらに風化した石灯篭が、いまも一基だけ残っている。傾斜地を生かした大きな築山も往時のままで、その上には、石黒家の時代に植えられた樫、松、榊、楓やつつじが、背を伸ばし、大きく枝を広げている。いまでは築山の背後に、人家が迫っているが、そこにもかつては樹木が生い茂っていたという。『わたしたちが孤児だったころ』の主人公バンクスが子どものころ暮らした上海の家にも築山があって、頂には楓(かえで)の木が一本はえていたことをふと思い出す。

　石黒家の時代には小さな水たまりのような池もあったが、それは鎮雄氏が水生の昆虫を飼うために造った池だったという。『浮世の画家』に描かれたマツダの屋敷にあったような、鯉が悠揚と泳ぐ池でなかったことは残念だ。また短篇「夕餉」では、茶の間から見下ろす庭の深い繁みのあいだに、主人公が子どものころ、幽霊が出ると信じていた古井戸が見える。たしかに井戸のような痕跡は吉田家の庭の奥に残っていたというが、それもまた、まったく姿を消してしまった。

古い屋敷は跡形もなく消えたが、広い廊下のある、大きな日本家屋であったという記憶は人びとの心に鮮明に残っている。イシグロをはじめ近隣の人びとは、三階建てだったというが、屋敷の片側が傾斜地にかかっていて、一部に中二階がある三層の建物だったらしい。
　イシグロがポルトガルの家具が置かれていたと語っていた洋室が一部屋あったほかは、すべて障子や襖と畳でできた純和風の建築だった。もしかすると、ポルトガルの家具というのは、イシグロが抱く長崎のイメージから生まれた子どもらしい記憶かもしれない。
　12,3歳のころ、英国のテレビで放映された小津安二郎監督の映画『東京物語』や『秋刀魚の味』を、夜遅くに家族といっしょに初めて見たとき、記憶の中の生家とまったく同じだったので、イシグロは深い感銘を受けた。それが、日本の古い映画にのめり込むきっかけとなったという。

写真に残る長崎の暮らし
作品の〈ホーム〉の原点

　1991年1月に雑誌『Switch』に掲載されたイシグロ特集記事には、イシグロが結婚後、最初に暮らした、ロンドンの南シデナムの家の居間の写真が載っている。部屋の隅に置かれた食卓近くの壁に、長崎の屋敷で縁側に腰をおろした両親の写真が飾ってある。写真は小さくてよく見えないが、広い縁側の前に置かれた自然石の靴脱ぎ石の大きさが、それだけで屋敷の立派さを物語っているようだ。
　シデナムはイシグロが、イースト・アングリア大学大学院の創作科に在籍した時、マルカム・ブラッドベリーとともに彼の指導教官となり、卒業後も出版などについて何くれとなく相談に乗ってくれた、英国を代表する女性作家アンジェラ・カーターの幻想的な小説『魔法の玩具店』(1967)の舞台となった土地である。
　私が訪問したギルフォードの石黒家の窓際には、新中川町の家

の門の前で撮られた、昌明氏夫妻のモノクロームの写真が置かれていた。美しく手入れされた英国風の庭を背景にして、白い枠のガラス窓の前に、白いフレームに入れて置かれたモノクロームの写真は、長崎への遠い時空を静かに語りかけているように思えた。

　写真の中の昌明氏は、いつも近隣の住民が見かけていたという、白いシャツにネクタイをしたスーツ姿、妻の嘉代さんは普段着らしい着物にもんぺ姿である。傍らには大人の背丈よりも優に1メートルを超えるほどの高さの石造りの門があり、こちらも背丈より高い木の門扉がついていたことがわかる。高いレンガ塀に囲まれて背後にたたずむ家屋は、黒い瓦を乗せたまさに純粋な日本家屋である。

　イシグロはしばしば、文学者としての誇りをこめて、世界のどこにも偏在することのない〈ホームレス〉の立場を自認してきた。しかし「イシグロの〈ホーム〉は過去にしかない」（*Partisan　Review*,1991）といったピコ・アイヤーのことばを真似て、私もまた、ここはイシグロの、まぎれもない記憶の中のホームであると呟いてみたい。

　いまこの地で暮らす吉田家のモルタルの塀越しに、右手には彦山が、そして背をのばして覗くと、川向こうの樹木の蔭には、戦後、カルルスの跡地に建った高級料亭〈橋本〉の、風雅な日本庭園が垣間見える。美しい日本庭園には、カルルス桜と名付けられた桜の古木が残り、春ともなれば可憐な花を咲かせている。

　十数年前に私がはじめて新中川町を訪ねたときには、近隣に住む古い住民のなかに、石黒家のことをよく覚えているお年寄りがあったが、なかには、イシグロ邸を平家だったと記憶している人や、一家がもう日本には戻らないということばを残して外国に旅立ったという人や、祖父の葬儀にはたしかに一雄ちゃんも戻ってきたという人もあって、記憶の変容を生む時の流れをしみじみと感じたものだった。

　だがそれでも、一家がみな真面目で頭脳明晰な人びとだったという印象、利発な一雄ちゃんが元気に遊ぶ姿を見たという話、その一雄ちゃんが、どこか遠い外国で偉い作家になったらしいという噂を耳にしたという話だけは、どれもみな同じだった。

上／新中川町電停からの風景　　下／新中川町の急な石段

上／生家跡につづく路地　　下／左手に生家跡が見える

Column ①

従兄弟の藤原新一氏に聞く

石黒家とカズオ・イシグロの思い出

長崎動物病院の
獣医師・藤原新一氏

　カズオ・イシグロの父石黒鎮雄氏の姉基子さんのご子息で、イシグロの従兄弟にあたるのが長崎市大井手町で長崎動物病院を経営する獣医師の藤原新一さん。鎮雄氏とは叔父甥の間柄になる。
　藤原さんはイシグロのノーベル賞受賞を自宅のある長崎県川棚町で知った。
　「ノーベル文学賞受賞の一報を聞いたのは、川棚町で男性コーラス合唱団の練習をしている時でした。まさに青天の霹靂でした。ここ10年くらい〈もし受賞したらコメントをお願いします〉とマスコミから取材依頼を受けていましたし、心の中でいつかはとは思っていましたが、まさか本当になるとは、実現してしまうとは」と、藤原さんは受賞を知った瞬間の驚きを振り返り、「もし長崎を訪問することが

カズオ・イシグロ夫妻を案内したシーボルト記念館にて。左からローナさん、藤原氏、カズオ・イシグロ氏。1989年来日のとき撮影（藤原新一氏提供）

あれば、多忙だとは思いますが、親戚一同でお祝いをしてやりたいと思います」と従兄弟の受賞を喜んだ。

従兄弟の快挙を祝福する藤原さんにイシグロとの思い出を聞いた。

イシグロが長崎市に住んでいた当時は、長崎市本河内町（蛍茶屋近く）に藤原さんの実家があり、新中川町の3階建ての石黒邸と家が近かった関係で、互いの家をよく行き来していた思い出があるそうだ。しかし、歳が離れていたため（藤原さんが年上）、どこかでいっしょに遊んだ記憶はあまりないという。

鎮雄氏一家が渡英後、藤原さんがカズオ氏と再会したのは1989年（平成元）。『日の

藤原さんの実家は旧長崎街道の蛍茶屋跡の近くにあった

名残り』でブッカー賞（英国で最も権威のある文学賞）受賞後にイシグロ夫妻が長崎市を訪問した際のことだった。妻は1986年に結婚したスコットランド出身のローナさん。そのとき藤原さんは診療の合間に長崎市鳴滝のシーボルト記念館などを案内したという。イシグロ夫妻はイシグロが生まれ育った新中川町の石黒邸跡や、幼い頃通った桜馬場町の長崎市立桜ヶ丘幼稚園（閉園）なども訪れている。

現在、川棚町の男性コーラス合唱団に所属し、音楽に親しむ藤原さん。藤原さんの自宅には母基子さんが石黒家から持ってきた古いピアノが置いてある。英国の石黒家との思い出として、以前、鎮雄氏が作曲の参考にしたいからと諏訪神社の秋の大祭である長崎くんちのシャギリ（奉納音曲）の音源がほしいと、藤原さんに依頼してきたことがあったという。藤原さんはその時シャギリの音を録音したものをCDに焼いて英国に送っている。

イシグロの父鎮雄氏はピアノやチェロをたしなみ「長崎海洋気象台の歌」など作曲活動も行った。母静子さんもピアノを弾いた。まさに、10代からロックスターを夢見て、大学卒業後の一時期ロックミュージシャンを目指した、音楽志向のイシグロのルーツを垣間みるような石黒家のエピソードであろう。

（取材・文　編集部取材班）

川棚町の藤原氏宅にある石黒家ゆかりのピアノ

上／生まれ育った石黒邸跡を訪れたカズオ・イシグロ氏(藤原新一氏提供)　下／現在のシーボルト記念館

第二章

写真／原爆被爆後の浦上（長崎原爆資料館蔵・米軍撮影）

家族のこと

祖父と両親の個性的な生き方

上海で仕事をした祖父

　イシグロの祖父、石黒昌明氏は、1884年（明治17）、滋賀県大津市に、石黒明義と武子の長男として生まれた。1905年、上海の東亜同文書院に5期生として入学。東亜同文書院は、近衛篤麿創立の東亜同文会を母体とし、日本とアジア諸国の関係に寄与する人材の育成を目的として、1901年に上海に設立された、いわば日中の共存共栄をモットーとする国策のための高等教育機関で、きわめて優秀な学生が集められたという。

　昌明氏は1908年に東亜同文書院を卒業したのち、伊藤忠商事に勤め、上海支社の支店長にまで上り詰めたが、やがて現地では中国人雇用者とのあいだにさまざまな労働争議が起こり、事態を収拾するために責任を取るかたちで退社を余儀なくされた。

　しかし、昌明氏の能力を高く評価していた二代目伊藤忠兵衛（1886-1973）が、付き合いのあった豊田佐吉（1867-1973）にじきじきに依頼し、トヨタ紡織の前身であるトヨダ紡織廠に取締役として迎えられることとなった。二代目伊藤忠兵衛は、初代伊藤忠兵衛が呉服店として創業した伊藤本店を発展させ、総合商社伊藤忠商事の基礎を築いた人物である。昌明氏とは同郷の滋賀県の生まれでもあった。昌明氏は新しい会社でも優れた手腕を発揮し、1921年には上海工場の設立に携わり、その後天津への進出にも貢献した。

　妻嘉代とのあいだには、長女英子、次女基子、イシグロの父である長男鎮雄の一男二女が生まれた。鎮雄氏は母親が出産のために里帰りした日本で誕生したが、三人の姉弟はいずれも上海や天津で子ども時代を送った。上海の共同租界での一家の暮らしは、『わたしたちが孤児だったころ』に、一部、写し取られている。

　鎮雄氏は1920年（大正9）4月生まれで、1907年（明治40）に上

上／むかしの上海バンド（岡林隆敏氏提供）　　下／現在の上海バンド、対岸から

海に創設された、日本尋常小学校に入学した。しかし、このころ上海では反日運動の不穏な空気がただよいはじめ、昌明氏は一足早く妻子を日本に送り返す決心をする。1927年(昭和2)3月、鎮雄氏が小学一年生の終わりのことである。

租界での思い出
鎮雄氏談「ピアノに残る白い湯のあと」

　以下は鎮雄氏から聞いた、上海の共同租界での思い出である。
　石黒家は共同租界の広壮な英国風の屋敷で暮らしていたが、二階には昌明氏のために畳敷きの書斎がしつらえられていたという。そのころ、租界を警備するために、屋敷には20名ほどの英国の小部隊が駐留していた。イングランド中部のリンカンシャー州から来た部隊であったという。毛沢東の勢力、蒋介石の勢力、そして日本の中国への侵攻が重なりあった時期である。昌明氏は、どのような経緯だったのだろうか、蒋介石から誕生日記念の餅をもらったことがあったという。私はそれを聞いて、短編の「夕餉」に、主人公の父親が蒋介石に似ていたというエピソードが出てくることを、ふと思い出した。
　あるとき、まだ5歳くらいだった鎮雄氏が、おぼつかない手で「おててつないで」(「靴が鳴る」)のような曲をピアノで弾いていると、その部屋の床に寝泊まりしていたイギリス兵の一人が、飲みかけの熱いコーヒーカップをピアノの上に置いたために、その白い跡が残ってしまった。兵士たちがピアノをいじるので、キーがなぜかべとべとしていたことも、鎮雄氏は覚えていた。
　その後ピアノは、鎮雄氏の姉の基子さんが日本に持ち帰り、長崎で公

ピアノに残る跡

上／上海丸で帰国(岡林隆敏氏提供)　下／上海から持ち帰ったピアノ

認会計士の仕事をしていた藤原孝夫氏に嫁いだときに、藤原家に持ちこまれた。藤原家には、ふたりの娘と、長男新一氏の三人の子どもがあったが、現在、ピアノは獣医師である藤原新一氏のお宅に置かれている。鎮雄氏はイタリア製のアップライト・ピアノだったと記憶していたが、SHANGHAIという文字が書かれている。昭和30年代の上海の記憶につながる、そして『わたしたちが孤児だったころ』の場面を彷彿させる貴重なピアノである。

帰国、そして長崎へ
自治会長もこなす祖父の生き方

　1923年（大正12）に就航した、長崎・上海定期航路、いわゆる日華連絡船で、石黒家は1927年（昭和2）に帰国した。長崎まで26時間の船旅であった。一家は新中川町に居を定め、鎮雄氏は長崎市立伊良林（いらばやし）小学校の二年に、三つ年上の次女基子さんは五年生に籍を置くこととなった。

　昌明氏はその後もしばらく中国と日本との間を行き来し、一年ほどは東京でホテル住まいをして残務整理に当たっていたが、その後、長崎で暮らす家族のもとに戻った。長崎に定住した年は明らかではないが、1937年（昭和12）に勃発した盧溝橋事件より、何年か前のことであったと思われる。

　長崎の大浦海岸通りには、いまもイギリスの銀行である旧香港上海銀行長崎支店が往時の姿をとどめている。秋田県出身の建築家、下田菊太郎の設計で1904年（明治37）に完成した堂々たる石造り洋館である。創設から27年後の1931年（昭和6）に銀行は閉店となったが、建物はそのまま残され、1989年に国の重要文化財に指定され、その7年後、旧香港上海銀行長崎支店記念館として開館した。

　建物内部には、当時使われていた美しい銀行カウンターがその

上／伊良林小学校3年生のときの記念写真にカズオの姉（最後列左から3人目）（吉田良三氏提供）
下／旧香港上海銀行長崎支店

若宮神社の参道　　　　　　　　　　旧長崎海洋気象台

ままに残され、日華連絡船に関する資料や当時の写真なども展示されている。もちろん記念館としてオープンしたのは、昌明氏が亡くなった後のことだが、あるいは長崎でも数少ない異国風の外容に、上海租界時代のバンドの風景を懐かしく思い起こすことがあったかもしれない。

　新中川町の自治会長を1985年（昭和60）から務めた末次初己氏宅を、私は2003年（平成15）に訪ねて、手もとに保存してあった「伊良林区連合自治会—10年の活動と地域の歴史」（平成5年）を見せていただいた。路地を通り抜けて訪ねた末次氏のお宅は、玄関の間にある襖のその向こうにも和室があり、開け放たれた窓の向こうに青い空が見えた。長崎の高台で暮らしたことのない私は、まるで中空に浮かんでいるような浮遊感を味わった。新中川町は、それまでの上長崎村馬場郷徳蓮田が、郷や字の廃止に伴って改正され、1913年（大正2）の4月に誕生したと書かれていた。

　歴代の自治会長名の一覧に昌明氏の名が挙げられていることと、1940年（昭和15）4月に三名の世話役の一人として、瓊浦高校の下あたりに、若宮神社の分身である、新中川観音堂を建立したという記録が残されているから、このころにはすでに、町内でも一目置かれる人物として長崎の暮らしに溶け込んでいたものと思われる。

父鎮雄氏の仕事
長崎海洋気象台に勤務、「あびき」研究

　昌明氏の長男でイシグロの父鎮雄氏は、福岡の明治専門学校（1949年に九州工業大学となる）の工学部電気工学科で学び、1943年（昭和18）に卒業した。

　同期に、機械科の卒業生で、気象学者としてアメリカで活躍した藤田哲也がいた。藤田はダウンバースト（下降噴流）とトルネード（竜巻）の世界的権威として知られ、ミスター・トルネードと呼称された人物である。1945年（昭和20）には、被爆後の広島と長崎に被害調査のために派遣された。この時に撮影された写真や地図が後年見つかり、遺族の手で長崎原爆資料館に寄贈された。

　一方、石黒鎮雄氏は、卒業した1943年の12月、陸軍第一気象連隊に入隊。この部隊は、各地から集められた幹部候補生に気象学を教授することを目的とした教育部隊だった。翌1944年4月から5カ月間にわたり、仙台陸軍飛行学校でも学んだ。ここでは音楽班の幹事となり、ピアノを弾くこともあった。同年9月、東京都杉並区高円寺にあった陸軍気象部に配属され、ここで1945年の終戦を迎えた。鎮雄氏の話によれば、被爆後の長崎に一時帰郷したとき、はじめて目にしたのは、進駐軍の撮影隊の姿であったという。

　10月にはふたたび上京し、中央気象台観測部高層課に勤務したが、このころから優秀な仕事ぶりは際立っていたという複数の証言がある。1947年（昭和22）に長崎市南山手町に長崎海洋気象台（現長崎地方気象台）が設置され、命を受けた鎮雄氏は翌1948年（昭和23）に赴任した。エレクトロニクス技術を応用した潮位や高波の観測、また、長崎港の副振動（別称あびき）を測定する機器についての研究に携わった。副振動とは、海洋で生じた波動が湾内に伝わり、地形により、共振して振幅が大きくなる現象である。一種の小さな津波である。

Column ②

新中川町自治会長時代の足跡

カズオの祖父が建てた祠発見！

　新中川町の急な石段を登ったところに石黒昌明の名が刻まれた石碑のある祠があった。現在は瓊浦高校敷地になっていて、高校に断って調査をおこなった。石碑には寄進者芳名の先頭に石黒昌明の名があり、寄進額「金五拾円」と刻まれていた。石碑は昭和15年に自治会世話人らが建てたと由来が記されている。
（取材・文／編集部取材班　協力／中尾武）

瓊浦高校敷地内にあるコンクリートの祠。この中に石黒昌明の名を刻んだ石碑発見

コンクリートの小屋の左側に石の祠があり、稲荷信仰の白狐がおかれている。

石仏の台座にカズオの祖父石黒昌明氏の名がみえる(上)。
建立年は昭和十五年とある(左)。

上／原爆被害(『長崎被爆荒野』=長崎文献社刊=より)
下／三菱電機長崎製作所の県立高女専攻科報国隊員(堺屋修一氏提供)

両親の結婚
原爆投下時に命拾いした記憶

　鎮雄氏がイシグロの母である静子さん(旧姓道田)と結婚したのは、1950年(昭和25)のことだった。静子さんは1926年(大正15)に長野県長野市で生まれ、戦前に一家で長崎に移り住んだ。1940年(昭和15)当時の記録によれば、道田家の住まいは下西山町52番地にあった。静子さんには、兄と弟、妹の三人の兄弟があった。

　静子さんは、長崎県立高等女学校を卒業後、専攻科に進み教員の資格を得た。専攻科の学生だったころ、学徒動員により三菱長崎製作所で勤労奉仕をした。イシグロが母親の静子さんから聞いた話では、工場地下の薄暗い防空壕で、頭上には爆弾が投下される音が聞こえ、死を覚悟する日々だったという。原爆が投下された8月9日、静子さんから私が聞いた話では、新しく茂木にできた寮に移動するため、工場には行かず、伊勢町か八幡町あたりにあった寮に荷物をまとめて集まっていたため、爆風による怪我はしたものの、からくも命をとりとめることができたという。その日、勤労動員されていた県立高等女学校の教員3名と生徒150人が命を落としたという記録がある。

　1950年(昭和25)に結婚後、新中川町の家で昌明、嘉代夫妻と同居していた鎮雄、静子夫妻には、同年、長女が、1954年(昭和29)11月8日には長男一雄が生まれた。(渡英後、次女が誕生)

石黒鎮雄氏の業績
英国国立海洋研究所に留学

　結婚後、長崎海洋気象台に勤務しながら、海洋学の研究にい

そしんでいた鎮雄氏の、沿岸部の海洋観測機器に関する論文は内外から注目されていたが、やがて一家の運命を大きく変えるできごとがあった。鎮雄氏が、日本で開催された海洋学会の席上で、学会の会長でもあった英国の海洋学者ジョージ・ディーコンと出会ったのである。

　ディーコンは、鎮雄氏の研究を高く評価し、ユネスコの奨学金を取得するための後押しをし、自らが所長を務める英国サリー州ウォームリーにある国立海洋研究所（National Institute of Oceanography）に留学生として招聘した。1957年のことである。一時期、研究のために留学していたカリフォルニア大学からも招きを受けたが、鎮雄氏はイギリスに行くことを選んだという。

　というのも、そのころヨーロッパでは、1953年の1月から2月にかけて、北海を襲った暴風雨と高潮のために、英国東部、オランダ、ベルギーの沿岸部が深刻な被害を受け、2500人もの人びとが命を落とし、数万人が家を失うという惨事があり、時の首相ウィンストン・チャーチルをはじめ英国政府は、その対策のための研究事業に力を入れていたのである。

　そうした折に、やがて海洋学におけるエレクトロニクス技術研究のパイオニアと呼ばれることになる鎮雄氏の、北海の高潮をシミュレーションする装置の開発研究は、まさに時宜を得たもので、鎮雄氏の使用したアナログ計算機は、英国の科学博物館に展示されるほどの高い評価を受けた。北海油田開発に鎮雄氏が関わっていたという情報がいまでも散見されるが、北海（North Sea）という語が誤解を招き、誤って伝えられたのかもしれない。鎮雄氏自身の指摘によれば、まったくの誤りであるという。

　鎮雄氏は、1958年に、「エレクトロニクスによる海の波の記録ならびに解析方法」という博士論文により、東京大学から学位を授与されている。鎮雄氏の論文は、ほとんど英文で書かれているが、『日本語からはじめる科学・技術英文の書き方』（1994年12月、丸善）という著書もある。

一家で渡英
1年のつもりが2年後に退職届

　留学中の鎮雄氏に代わって、まだ幼かった一雄少年の父親代わりを務めたのが、祖父の昌明氏だった。しかし1960年（昭和35）、ディーコンによって主任研究員としてふたたび招聘された鎮雄氏は、今回は妻子を伴って渡英することを決めた。

　当初は一年だけの予定であったため、1960年（昭和35）4月に提出された一年分の休職届けが、翌1961年4月にもう一年更新され、1962年（昭和37）3月末には、正式に長崎海洋気象台を退職することとなった。その後も、英国滞在は一年また一年と長引き、1971年（昭和46）、イシグロが16歳のときに、長崎から祖父昌明氏の訃報が届いた。祖父を敬愛していたイシグロは、大きなショックを受けた。小説にしばしばでてくる祖父と孫の話には、祖父との思い出が盛り込まれている。

　昌明氏は87歳でこの世を去り、1981年（昭和56）に90歳で亡くなった妻嘉代さんとともに、大津市三井寺町にある先祖の菩提寺、曹洞宗大練寺に眠っている。嘉代さんが亡くなった1981年に、葬儀のため帰国した鎮雄氏は、父昌明氏の上海時代の写真やアルバムを英国に持ち帰り、それが、イシグロに上海への憧れを目覚めさせ、のちに『わたしたちが孤児だったころ』が生まれるきっかけとなった。

鎮雄氏の音楽の才能
イシグロにも受け継がれる

　鎮雄氏が幼時からピアノを弾いていたことでもわかるように、科学的な頭脳の持ち主である一方、音楽への造詣も深く、新中川町

の家には、いつもクラシック音楽が流れていた。朝から鎮雄氏の弾くピアノの音で起こされたほどであったという。「バッハ、ショパン、ベートーベン、チャイコフスキーも好きでした」(『動的平衡ダイアローグ』2014)とイシグロは語っている。

　静子さんもまたピアノを奏し、鎮雄氏はまだ当時としてはめずらしいチェロを演奏していた。長崎海洋気象台の社歌「長崎海洋気象台の歌」の作曲も手掛けている。私がギルフォードのお宅を訪ねたときには、居間の片隅に置かれたシンセサイザーで、壮大な楽曲を制作中だった。甥にあたる藤原新一氏も同じ依頼を受けたというが、長崎の諏訪神社の例大祭くんちで奏される〈シャギリ〉の音が欲しいと依頼され、CDに入れて送ったこともあった。

　イシグロが渡英後、近くの教会の合唱隊で歌唱力を認められ、13歳のときにはボブ・ディランの「ジョン・ウェズリー・ハーディング」のレコードと出会って感銘を受け、15歳からはギターを奏して、ロック・ミュージシャンの道に憧れるようになったのも、あるいは父鎮雄氏の影響があったのかもしれない。

　イシグロは父親について「少し気難しいところがあって、社会のために何かしたいという思いの強い人」(『Switch』1991.1)だったと語り、退職後には「盲人のための文字判読機」(同)を作ったというが、こうした社会へのまなざしが、イシグロにも受け継がれているのだろう。

　鎮雄氏は2007年(平成19)8月13日に肺炎のため亡くなった。87歳だった。長距離電話で私は訃報を知ったが、後日、静子さんと三人の子どもたちの連名で喪中のハガキが届いた。そこにはイシグロの名も、〈石黒一雄〉と日本名で記されていた。

イシグロの父、鎮雄氏が懐かしんだ長崎くんちのシャギリの音が響く（昭和35年10月）
（堺屋修一氏提供）

Column ③

石黒鎮雄氏と長崎海洋気象台

ピアノを弾く海洋学者

長崎海洋気象台廳舎(正面)

1952年(昭和27)頃の長崎海洋気象台(正面)(長崎地方気象台提供)

現在の長崎地方気象台

昭和23年4月に長崎に赴任

カズオ・イシグロの父である石黒鎮雄氏は、英国国立海洋研究所（NIO）で研究をつづけた世界的に有名な海洋学者であった。鎮雄氏は、明治専門学校（現在の九州工業大学）電気工学科を卒業。

同級生に工学部機械科卒で、米国の気象学の分野で活躍し、竜巻やダウンバーストの研究の世界的権威として知られ、"ミスタートルネード"と呼ばれたシカゴ大学の藤田哲也博士（1998年没）がいる。

明治専門学校卒業後の1943年（昭和18）10月、鎮雄氏は国際電気通信株式会社の見習い社員として福岡統制中継所配属となる。その年の12月に陸軍第一気象連隊に現役入隊。この部隊は各地から集められた幹部候補生に気象学の教育をおこなうことを目的とした教育部隊だった。

翌年4月には仙台陸軍飛行学校入学。同年9月、陸軍気象教育部付となり、1945年（昭和20）の終戦を迎えている。元特攻隊隊員の手記によると、陸軍飛行学校時代の鎮雄氏は音楽班の幹事でピアノを弾いていたという。

事務嘱託として、鎮雄氏が中央気象台観測部高層課に勤務し始めたのは、1945年（昭和20）10月のことである。

3年後の1948年（昭和23）の4月、長崎市南山手町に前年設置されたばかりの長崎海洋気象台（現在の長崎地方気象台）に赴任。そこでエレクトロニクス技術を応用した潮位や高波の研究に従事している。また、長崎港特有の「あびき（副振動）」現象の解明にも取り組んでいたという。

長崎海洋気象台赴任の2年後に鎮雄氏は道田静子さんと結婚。

元同僚のみなさんの当時の鎮雄氏についての印象は、「もの静かな方だった」「穏やかな人だった」「威張ったところがない人だった」「おとなしかった」「あまり運動（スポーツ）はしなかった」というものだった。

鎮雄氏が勤務の傍ら「長崎海洋気象台の歌」を作曲したのは、1952年（昭和27）か翌年のことになる。

長崎地方気象台の沿革

年月日	事項
明治11（1878）.7.1	「長崎測候所」創設（内務省地理局）気象業務開始（長崎県肥前国西彼杵郡長崎村十善寺郷中ノ平361番地）**139年の歴史あり**
明治20（1887）.4.1	「長崎県立長崎測候所」と改称（地方移管）
明治22（1889）.4.1	市制施行により所在地名変更（長崎市十善寺中ノ平郷361）
明治31（1898）.8.1	**移転**（長崎県西彼杵郡戸町村大浦郷字日南平（通称どんの山））
〃（〃）.10.1	市区拡張による所在地名変更（長崎県長崎市大浦元町129番地）
昭和14（1939）.11.1	「長崎測候所」と改称（国営移管）
昭和22（1947）.4.30	「長崎海洋気象台」設置　「長崎測候所」を併置（長崎県長崎市南山手町5番地）（昭和49年3月1日住居表示変更による所在地名変更（長崎県長崎市南山手町11番51号））
昭和24（1949）.6.1	「長崎測候所」廃止　「長崎海洋気象台」に併合
昭和35（1960）.8.1	海洋気象観測船「長風丸」配属
昭和46（1971）.2.1	**現在の庁舎に移転**
昭和62（1987）.2.20	海洋気象観測船「長風丸（Ⅱ世）」配属（旧長風丸は用途廃止）
平成22（2010）.4.1	海洋気象観測船「長風丸（Ⅱ世）」廃止
平成25（2013）.10.1	「長崎地方気象台」と改称

長崎地方気象台の沿革（長崎地方気象台提供）

「長崎海洋気象台の歌」の作曲をしていまに残る

　この歌の作詞をした尾崎康一氏の創立130周年（平成20年）記念の寄稿文「『長崎気象台の歌』作詞の思い出」には、歌が完成した経緯が詳しく述べられている。

　尾崎氏は当時長崎海洋気象台気象課測候係の地震担当だったが、寺田一彦台長の発案で職員から歌詞を募集しようということになり、尾崎氏も応募して、課長会議での審査の結果、尾崎氏の作品が選ばれたという。その詞は4番まであり、起承転結のスタイルで、長崎海洋気象台の使命や役割、将来の発展と希望などが表現されており、鎖国、開港、出島、稲佐、南山手の丘、どんの山の午砲台など、長崎の歴史や地名なども散りばめられている。

　尾崎氏の詞が選ばれてから間もなく、「長崎海洋気象台の歌」の歌詞に曲がつけられることになり、その作曲を当時海洋課係長だった鎮雄氏が手がけることになったのである。さっそく鎮雄氏は作曲にとりかかり、完成した格調高い曲は職員が歌いやすいようにテープに吹き込み披露されることになった。

長崎市大浦元町のどんの山公園。鎮雄氏が赴任した当時この辺りに長崎測候所の庁舎があった

　尾崎康一氏の「『長崎海洋気象台の歌』作詞の思い出」には、次のように綴られている。

〈ある日、長崎市矢の平町の私の知人竹島勉氏の家に私と石黒氏、そして歌ってくれる中尾嬢、テープを吹き込んでくれる気象課の竹内君が集

どんの山砲台跡。1941(昭和16)年まで測候所のクロノメーターをもとに、正午になるとこの午砲台から長崎市内に午砲(空砲)が轟き、時刻を市民に知らせた

まった。竹島氏は中学の音楽教師で、ピアノを提供してくれた。石黒氏がピアノで伴奏し、中尾嬢が歌い、竹内君がテープに吹き込んだ。当時東通工(現在のソニーの前身)のテープレコーダーは珍しくまた高価であり、竹内君しか持っている人はいなかった。そして、その年の6月1日の気象記念日の式が、茂木町の旅館で行われ、台長以下職員やその家族に、この歌とメロディが披露された。その日はよく晴れていて、窓から天草灘が広々と見渡され、その海の青さがいまでも印象に残っている。このようにして、「長崎海洋気象台の歌」は生まれた。〉

記念誌への寄稿依頼が届いたときは逝去後

　以後、長崎海洋気象台の海洋課と海上気象課の集まりや宴会などで、「長崎海洋気象台の歌」は歌い継がれていた。しかし、残念ながらこの時吹き込まれたテープは長崎地方気象台に残っていないという。現在長崎地方気象台が保存している音源は、後に吹き込まれたもので、歌唱が高林弘氏、ピアノ演奏が鈴木優子氏のものである。

　その後、鎮雄氏は当時の英国国立海洋研究所(NIO)に招かれ、1960年(昭和35)4月に休職願を提出し、イシグロ含めて一家で渡英。以降、休職願を更新し、1962年(昭和37)3月末に長崎海洋気象台を正式辞職、英国で研究を続け、2007年(平成19)8月英国の地にて87歳で永眠した。

　長崎地方気象台関係者によると、創立130周年(平成20年)記念事業として新旧資料

をデジタル化するための整理中に、「長崎海洋気象台の歌」楽譜が見つかり、2008年（平成20）11月、作曲の思い出話の寄稿文を鎮雄氏に手紙で依頼したことがあったという。

その手紙が英国に届いた時にはすでに鎮雄氏は亡くなっており、妻の静子さんが代わって美しい日本文字で、残念ながら依頼にそうことはできないこと、長崎海洋気象台の歌に鎮雄氏が愛着を持っていたこと、よく曲を弾いて楽しんでいたこと、などの内容を記した返信を長崎海洋気象台（当時）の関係者宛に書き送っている。

（取材・文　編集部取材班
　取材協力　長崎地方気象台
　　　　　　前田勝彦調査官）

どんの山から見た長崎港の眺望、中央に稲佐山がそびえる

第三章
カズオ少年の長崎
そしてイギリスへ

写真／イシグロが稲佐山に登った頃の展望台（昭和34年11月）
（堺屋修一氏提供）

記憶のかたち
文学テーマの源泉

　イシグロが5歳半まで暮らした長崎の記憶、それはたしかにコマ切れであり、時にはぼんやりとしたものであったかもしれない。だが逆に、そうであったからこそ、イシグロは〈記憶の曖昧〉、〈記憶の歪み〉、〈記憶のねつ造〉が人間にもたらす功罪という、生涯にわたる文学のテーマと出会うことができたのである。仮にもし、長崎を離れた年齢が、10歳、あるいは15歳であったと考えてみたらどうだろう。記憶はより鮮明でリアルなものになり、そこには想像力を呼び起こす余地など生まれなかったかもしれない。

　「過去にあったことを思い出そうとすると、たいていそれは静止画として頭に浮かぶんです。ビデオクリップのようなものではなく、完全に止まった画像として」、「祖父と一緒に通りの店先をのぞいている光景、古い家の階段を降りてくる場面」（『動的平衡ダイアローグ』2014）とイシグロは語っている。

　20代半ばに小説を試作しはじめたころ、イシグロは身近なロンドンの地下鉄の情景から書き出してみた。しかし、なかなか筆が進まない。あまりにも知り過ぎた現実が、イマジネーションの自由な羽ばたきを抑制してしまったのである。そこで、ふと胸にしまい込んでいた故郷の長崎に目を転じてみた。するとそこには、鮮明な記憶の断片があることに気がついた。そして、意識の表層に浮かび上がる記憶の断片と断片のあいだに沈む暗がり、つまりイシグロ自身の言葉で言えば、〈存在しない記憶〉を掘り起こすことこそが、イシグロ文学創造の源泉となったのである。

カズオ少年の思い出
憧れは警察官、電車の運転手

　第二章でも述べたように、イシグロが幼いころ、海外での研究生活のために不在がちだった鎮雄氏に代わって、父親の役割を果たしたのは、祖父の昌明氏だった。一方では実業家としての厳しい側面ももつ昌明氏だったが、カズオ少年には、ことのほか優しい愛情を注いだ。

現在の路面電車（新中川付近）

　3、4歳ごろのカズオ少年の憧れのひとつは警察官だった。その当時、諏訪神社の下あたりで大きくカーブする電車軌道のそばで、いつも警察官が交通整理をしていた。警官の制服に憧れたカズオ少年は、祖父の鳥打帽を前後反対にかぶり、祖父の革のベルトを肩に斜めに掛け、腰にはピストルらしきおもちゃを差して、ひとり悦に入っていた。祖父は外出するたびに「ジイは出かけるぞー」と、声をかけては帽子の行方を探していたという。もしかすると『充たされざる者』などに出てくる、見えない暴漢を相手に闘う少年の原型はこんなところにあるのかもしれない。

　一方、近隣の住民は、カズオ少年が路地で、小さな三輪車を楽しそうに乗りまわしている光景を覚えているという。少年のもうひとつの夢は、電車の運転手だった。それもまた『充たされざる者』で、ピアニストのライダーが、物語の最後に、東欧を思わせる街の市街電車に乗り込む姿を思い起こさせるエピソードだ。二両編成で街を循環するという電車の後方車輛には、いつの間にかごちそうを

並べたビュッフェが出現していて、公演の不首尾という挫折を抱え、妻子にも背を向けられたライダーに、ささやかな慰めと涙をもたらすのだ。イシグロの深層にひそんでいた、長崎の市街電車への憧れが、ふと顔を覗かせたシーンなのかもしれない。もちろん、長崎で生まれ育った男の子なら、一度は路面電車の運転手や車掌に憧れたことがあるに違いないが。

　イシグロが生まれたのは、長崎が1945年（昭和20）8月9日に原子爆弾の惨禍に見舞われてから、わずか9年後のことだった。被爆の後遺症に苦しむ人や住居を失くした人びとは、まだ数限りなくいたが、その傍ら、町は驚異的な復興を見せていた。終戦の翌年には早くも市電の一部が開通し、3年後には長崎くんちの大祭も復活、5年後には爆心地に平和公園が生まれ、それからさらに5年後の1955年（昭和30）には被爆10周年を記念して、北村西望デザインにより平和祈念像が建立された。

　1957年（昭和32）には長崎ではじめてのプレイランド福田遊園地が生まれ、1959年（昭和34）に、イシグロが桜ヶ丘幼稚園に入園した年には稲佐山にロープウェイが開通した。その翌年の1960年（昭和35）に長崎を離れるまでの短い期間に、イシグロは大人たちに連れられて平和公園を訪ね、巨大な平和祈念像を仰ぎ見、福田遊園地で遊び、海水浴にも出かけ、ロープウェイで稲佐山の頂上に登り、美しい長崎の港とはるかにつづく山々を遠望して心にとどめた。

　そしてこのときの記憶の断片が、後述するように、長編第一作『遠い山なみの光』に散りばめられることになったのである。

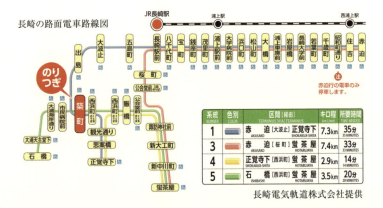

長崎電気軌道株式会社提供

イシグロが長崎を離れた頃の風景
(堺屋修一氏提供)

読書好きな少年
『月光仮面』『オバQ』に夢中

　インタビューや講演でのイシグロの発言によると、長崎で物心ついたころ、つまり3歳から5歳までのうちに、イシグロはかなり多くの絵本や漫画、子ども向きの本に親しんでいたことがわかる。早くから文字が読める利発な子どもだったのだ。

　創作に影響を受けたというコナン・ドイルのシャーロック・ホームズ・シリーズについても、子ども用に書かれた日本語の『まだらの紐』を長崎で初めて読み、幾晩も眠れないほどの恐怖を覚えたという。もしかすると、『遠い山なみの光』に描かれた、エツコとマリコの挿話で、脚に絡みつく縄紐の、まるで蛇のような不気味さは、こんなところから生まれたのだろうか。

　また昭和33年（1958）から翌年にかけて、イシグロがまだ3、4歳のころにテレビ放映された『月光仮面』に熱中し、その漫画を本屋で立ち読みしては、イメージを頭に焼きつけ、帰宅してから真似て描き、母親に綴じてもらって、自分だけの絵本を作ったこともあるという。新中川町の近くには、幼い子どもが覗けるような本屋などなく、電車通りを小さな子供がひとりで歩く姿も想像できないので、祖父や母親とよく出かけていたという浜町通りの本屋でのことかもしれない。長崎一の繁華街だった浜町の浜屋デパートの屋上の遊園地や食堂も、カズオ少年の大好きな場所だった。

月光仮面ポスター1960

小学1年生

　ノーベル文学賞受賞後の会見でイシグロは、サムライが登場する漫画が好きだったとも述べている。『少年マガジン』の愛読者だったというから、雑誌に掲載されたいわゆる時代物の漫画だったのだろうが、むかし話に出てくる鬼や妖怪などに刺激を受けたともいう。受賞後の計画として、漫画とのコラボレーションを構想中であると語ったが、それもまた子ども時代の記憶に結びつくものであるというコメントが添えられていた。

　英国に渡ってから目にした漫画は、教育用のものばかりで、長崎の祖父から送られてくる本に比べて色彩に乏しかったというから、イシグロが渡英後もかなりたくさんの日本語の本に接していたことは間違いない。渡英して何年かのあいだ、祖父からは『小学一年生』や『小学二年生』のような雑誌、『オバケのQ太郎』のような漫画本が、毎月送られてきたという。1990年の濱美雪によるイギリス西部同行取材で、ふと手渡された日本文学の文庫本を開きながら、「母の教育のおかげで、いまだに本は右からめくる癖があって、……」(『Switch』1991.1)などと呟いていることからも、そのことがよくわかる。

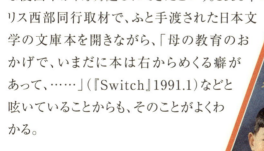
少年マガジン 創刊号

桜ヶ丘幼稚園門（閉園直前）　　　　　　　　　園庭に幹回り2m前後の大樹

桜ヶ丘幼稚園
〈幼児期のエデン的記憶〉

　子ども時代のカズオ少年が読書好きであったことについては、イシグロが1959年（昭和34）の春から渡英までの一年間を過ごした桜ヶ丘幼稚園の担任であった田中晧子先生も証言している。家族そろってイギリスへ行くために、幼稚園を退園することになった日、母親や先生方が別れを惜しんでいるその足元に、おとなしく座っていたカズオ少年の姿を、田中先生はいまでもよく覚えている。楽しくごっこ遊びをするより、静かに本を読んだり、ほかの子どもたちの遊びを眺めていたりするのが好きな、穏やかな子どもだったという。

　桜ヶ丘幼稚園は、1886年（明治19）6月に、長崎師範学校女子部付属幼稚園として発足した。創立当時の園舎は、いまの幼稚園の眼下に見える、現在の桜馬場中学校の体育館あたりにあったようだ。近年まで使われていたのは1965年（昭和40）に竣工した園舎だったが、2012年（平成24）3月で幼稚園は閉園となった。

　1989年（昭和64）、渡英後はじめて29年ぶりの帰国を果たした

上／桜ヶ丘幼稚園の古い園舎　　下／エプロン姿の子どもたち

1989年になつかしの桜ヶ丘幼稚園訪問

園舎は新しくなっていたが、子どもたちのエプロン姿を懐かしんだ

訪問時の園長高木先生とイシグロ夫妻

担任だった田中先生をはさんで、イシグロと妻ローナさん
（写真すべて：田中晧子氏提供）

イシグロは、その3年前に結婚した妻のローナさんとともに長崎を訪れた。そのとき、シーボルトの鳴滝塾跡や生家跡に案内したのは、イシグロの従兄弟にあたる藤原新一氏だった。長崎で公認会計士の仕事をしていた藤原孝夫氏と鎮雄氏の姉基子さんの長男で、いま、新中川町にほど近い場所で長崎動物病院の院長をしている。(24〜27ページ参照)
　幼稚園を訪ねたイシグロは、懐かしい田中先生に再会し、園児たちのエプロン姿の制服を見て、昔のままだと懐かしんだという。長崎を再訪する前からイシグロは、折に触れて、生家の間取りや広い庭のこと、祖父母のこと、市電の停車場、緑濃い山、通園の道筋、そして幼稚園の先生の言葉も覚えていると語っていたが、訪問のあと、こんな感想を述べている。
　「五歳のときに離れて以来初めて長崎に着いたときは、ずっと想像していたものに近かった。すべての丘を思い出すことができたし、昔いた古い家にも行きました。近所も昔のままでした。近所の人もみんな子供のときの私のことを覚えていてくれました。私もいろいろな場所を覚えていました。幼稚園への行き方も覚えていました。幼稚園の昔の先生にも会い、近所の年寄りの人にも会いました。そうして初めて、本当の記憶が蘇ってきたのです」(『文学界』2006.8)。
　私は閉園を前にした桜ヶ丘幼稚園を、最後の園長荒井美智子先生の案内で見せていただき、古いアルバムや資料をいただいた。イシグロが通っていたころの園舎は、はるか昔になくなっていたが、建造から50年の歳月を経た木造の教室には、柔らかな光があふれ、窓には樹木の緑が迫り、高台にあるために、まるで中空に浮かぶような園庭では、お尻にすり切れた愛らしいアップリケをつけた園児たちが無心に遊んでいた。遠くには稲佐山や長崎港もわずかながら望むことができる。イシグロが繰り返し語る〈幼児期のエデン的記憶〉という言葉を思い出さずにはいられない、まるで現実離れした映像を眺めているような、不思議な感覚だった。

イギリスへ
小学時代にドイルやクリスティを読了

　1960年（昭和35）4月に、一家はイギリスに渡った。移った先は、サリー州ギルフォードである。ロンドンのウォータールー駅からイングランド南西部に向かう急行列車に乗ると35分で、人口14万人ほどの町ギルフォードに到着する。ロンドンへの通勤圏にある、いわゆる中産階級が暮らすベッドタウンである。赤レンガ造りのギルフォード駅は、さほど大きくはないが風格のある佇まいである。正面の入り口には「1887年」と刻まれた碑が建っている。

　駅の周辺には住宅地が開け、ハイ・ストリートには商店の立ち並ぶにぎやかな通りがあるものの、少し足をのばせば、まわりには美しい水辺やなだらかな起伏の丘陵が連なり、いかにもイングランドの田園らしい風景が広がっている。

　サリー州の西部に広がるギルフォードの町は、中世にはカンタベリー巡礼の道筋に当たっており、いまもわずかながら古都らしい面影を残している。高台には『不思議の国のアリス』の作者でオックスフォード大学の教授だったルイス・キャロル終焉の家があり、墓もこの町にある。サリー州と聞けば、『ハリー・ポッター』の主人公が幼いころ養われていた叔父のダーズリー家も、その瀟洒な住宅地の一角にあったことを思い出す人も多いことだろう。

　当時就航したばかりの南回りのジェット機に乗り、一日半をかけてようやくたどりついた4月のギルフォードは、春とは名ばかりの凍てつく寒さで、暖をとるためにどの家でも使っていた石炭の香りが漂っていた。新中川町の表通りには路面電車が行き交い、町の石段には下駄の音が響き、ひしめくように肩を寄せ合う日本家屋からは生活のざわめきがこぼれ出ていたに違いない。そんな長崎から移り住んだギルフォードは、耳を疑うほどの静寂に包まれていたという。

　まだ幼かったイシグロは、十字架の上で血を流すキリスト像に、

上／サリー州ギルフォード駅　　下／聖歌隊に入ったエマニュエル教会

母親が驚愕していた姿を覚えていた。それはまだ5歳だった少年の驚きでもあっただろう。あとでそれが、イースターの時期だったことを知る。イースター、すなわちキリストの復活を祝う祭りは、春分後の最初の満月のつぎの日曜日におこなわれることになっているのだ。

いたるところにハリネズミがいる田園風景と、質素でモノクロームなギルフォードの静かな世界、そしてイメージが氾濫し、たくさんのおもちゃが身近にあり、電線があふれていた世界、イシグロはふたつの世界の違いをそんな風に表現している。

しかしまだ幼かったイシグロにとって、環境の変化は、それほど大きなものではなかった。祖父がデパートで買ってくれたおもちゃ、鶏の絵と鉄砲があって、鶏めがけて発射して当たると、卵が落ちてくる。それをイギリスに持っていけなかったことが、いちばんがっかりしたことだったと語る。

イギリスの子どもたちとはすぐに打ち解け、ことばの壁も難なく乗り越えた。6歳のころには、おそらく両親よりも英語が上手かったのではないかともいい、家庭では現在に至るまで、電話での会話も含めて日本語で話し、難しい単語を英語で挿入するというスタイルだったが、その日本語も本人がいうには「かなり古臭い、子供の日本語です」(『文学界』2006.8)という。

まだ日本人は珍しい時代だった。のちに『ガーディアン』(2000.3.25)紙でスージー・マッケンジーのインタビューに答えて「近所の人や、まったく面識のない人でさえ、私たち一家にとてもやさしく接してくれたことを、驚きとともに覚えている」と語っている。

さまざまなことに興味を抱く少年だったイシグロは、『ララミー牧場』や『ローン・レンジャー』を見てはカウボーイの言葉などを真似、9歳でシャーロック・ホームズに熱中してからは、ヴィクトリア朝の英語を真似た。イシグロのいう英語を日本語に直せば「まあ、かけてくれたまえ」とか「貴君」などというような、古めかしい言葉を乱発しては、周囲をとまどわせていたらしい。(『朝日新聞』2015,7,19)

小学校に通うあいだには、アガサ・クリスティも英語でほぼ読み終えていたという。

ギルフォードの家
1年のつもりが永住することに

　空き家などほとんどない時代のことで、いったん大聖堂の近くに仮住まいをしたあと、グレンジ・ロードのセミ・ディタッチト・ハウス（二軒長屋）に移り住んだ。周辺にはよく手入れされた前庭と赤レンガの煙突のある瀟洒な住宅が並んでいる。はじめ二軒長屋の右半分をアフリカの大学に招聘されて留守中の友人から借りて暮らしていたが、3年後に売りに出た左側の住居に移り住んだ。左右対称の家で味わったという不思議な既視感や錯覚が、イシグロの作品に大きな影響を与えた。1973年にイシグロが高校を卒業するまで両親や姉妹と暮らした家である。

　新中川町の家の大きさとは比べようもないが、住む人の知性と気品にあふれた、淡い色調の室内には、小さな鉢植えの花々が飾られ、壁には、静子さんの母親が描いた鯉や花や、長野県の茶臼山を描いた見事な絵が飾られている。紫檀の茶箪笥は、新中川町の家から運ばれてきたものだという。

　いかにもイギリスの天気らしく、晴れていた空から、ふいにきらめくような雨が庭の緑に降り注ぐさまを、しばらく窓越しに眺めていると、『遠い山なみの光』で、長崎からイギリスに渡り、今は田舎町でひとり暮らすエツコが、美しい庭に雨の降るようすを、窓越しに眺めているシーンが目に浮かんだ。

　イシグロは、渡英した年に、グレンジ通りを南に少し下ってストウトン・ロードと交わるところにある、ストウトン・プライマリー・スクールの一年生となった。たちまち注目を浴びる人気者となったイシグロ少年は、楽しい6年間の小学校生活を送った。

上／ギルフォードの町　　下／新中川町から運ばれた紫檀の茶箪笥

さらに小学校から300メートルほど西に進むと、ストウトン・ロードは南北に走るワープルズドン・ロードと交差し、そこから道はシェパーズ・レーンと名を変えるが、この通りの角に立つ、ストウトンの教区教会であるエマニュエル教会の聖楽隊にも入隊し、歌唱力に優れていたイシグロは独唱を任せられたこともあった。

1966年、小学校を卒業したイシグロは、隣町のウォーキング・カウンティ・グラマー・スクールという名門男子校に入学した。1914年に創設された、英国では比較的新しい学校だったが、1982年に閉校となった。ウォーキング駅に近い校舎の跡地はいま、ウォーキング・ポリス・ステーションとなり、グラマー・スクールの歴史を示す碑がクライスト・チャーチの敷地内に建っている。

当初1年だけの予定であった英国滞在が、父親の仕事の都合で長引き、やがて渡英から11年目の1971年、イシグロが16歳を迎えた年に、日本から祖父の訃報が届いた。

さよならをいわないまま別れた祖父との永訣は、深い傷となってイシグロの心に残った。それはイシグロにとって、この時まで抱きつづけてきた帰郷への思いを払拭する辛い出来事であった。このとき、「父がハッキリずっとイギリスに住むという決断を下した」（『週刊文春』2001.11）とイシグロは語ったが、鎮雄氏の、「長崎に帰らない決断をしたことは、一度もない」という言葉が、私は忘れられない。

エマニュエル教会

上／ストウトン小学校の外観　　下／ストウトン小学校のプレート

ギルフォードの家で、鎮雄氏と著者

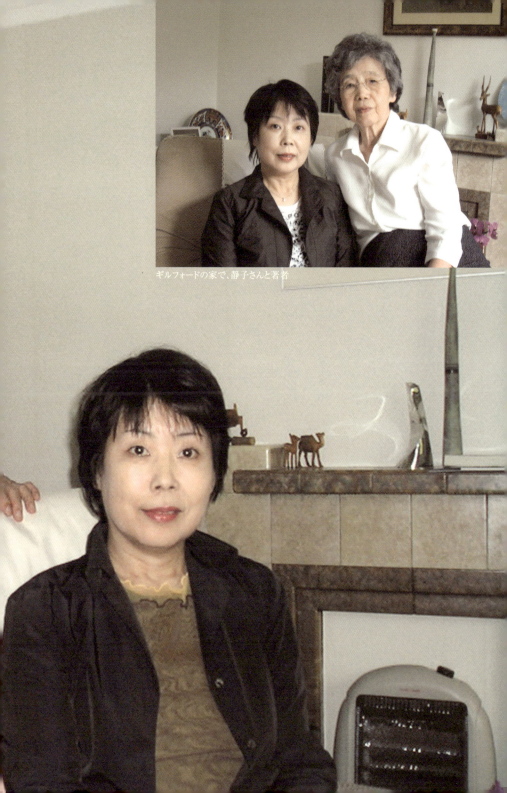

ギルフォードの家で、静子さんと著者

Column ④

カズオ・イシグロ文学のルーツ？

文学的素養の あった母の実家

　ノーベル文学賞作家のカズオ・イシグロの才能を育てたのは、父石黒鎮雄氏と母（旧姓道田）静子さんである。石黒家はこれまでメディアなどでも紹介されている通り、父の鎮雄氏がピアノを奏でチェロを弾き作曲も得意であり、クラシックに精通する音楽的素養のある家系であった。

　いっぽう、母の生家である道田家はどうだったのだろうか。静子さんが育った家は1940年（昭和15）当時長崎市下西山町52番地にあった。静子さんの（1歳違いの）弟の道田昭二氏は、長崎市桜馬場の長崎県女子師範学校付属幼稚園（後の長崎市立桜ヶ丘幼稚園）に通い、長崎県師範学校付属小学校を1939年（昭和14）に卒業しているが、その翌年から発行された付属小学校11級の同窓会誌『蛍雪之友』と『櫻丘』という文集に、昭二氏自身の寄稿文が掲載されている。その文章の内容から当時の道田家のようすを垣間みることができるので、紹介してみたい。

　昭二氏の同級生の記憶によると、道田家は「諏訪神社の階段を下りた辺り（現在の西山通り周辺）」にあったという。自宅の窓から庭を眺めて

同窓会会誌『蛍雪之友』『櫻丘』のコピー
（徳永徹氏提供）

書いた文章だろうか、昭二氏（当時13歳）の「夏休み」という寄稿文には、〈竹垣の朝顔のつるが萎れている。南天の陰で、子猫が丸くなって昼寝をしている。庭の隅の木でいつか蝉が鳴きだした。窓から隣の大きな日まわりがよく見える。〉（『蛍雪之友』第1号昭和15年発行）との記述がある。下西山町の道田家の庭には当時朝顔や南天が植えてあり、木が立っていたことが分かる。続けて、家の軒には風鈴が吊るしてあり、甘ったるい乾し草の香が漂い、庭

は黒塀で囲まれ、隣家の庭へと続いているとも記されている。

　1946年（昭和21）発行の『櫻丘』第6号には、〈かつて、家で童話の先生をお迎えして、"お話会"をした時など、……〉との記述があるので、裕福な道田家では子ども達を集めて読み聞かせの会を開いていたことが分かる。この会にはもちろん昭二氏と一緒に姉の静子さんや次女の和子さんも参加していたことだろう。

　イシグロは、幼い頃、母の静子さんが日本語でシャーロック・ホームズやアガサ・クリスティを読み聞かせてくれたとメディアのインタビューに答えているが、当時の道田家の"お話会"がその読み聞かせ教育のルーツでもあるのかもしれない。道田家には静子さんの幼い頃から文学的素養を育む環境があったのである。

　1948年（昭和23）発行の『櫻ヶ丘』第8号。その号の昭二氏（当時21歳）の寄稿文には、前年五高（旧制高校で現在の熊本大学の前身）の文科に入学したこと、谷崎潤一郎訳の『源氏物語』を読んでいること、英・独・仏・露などの文豪の心血を注いだ諸大作を読みたいこと、短編小説をぜひ寄稿したいこと、などが記されている。さらには英国の代表的なロマン派詩人のウイリアムス・ワーズワースの詩を昭二氏自身の訳で紹介している。ちなみに、イシグロが影響を受けた日本人作家の一人が谷崎潤一郎であるとの専門家の指摘もある。

　15歳当時の静子さんは、泳ぎが得意で、1941年（昭和16）に長崎游泳協会初段の免許を取得している。2002年（平成14）発行の長崎游泳協会創立100周年記念誌『百年の歩み』の歴代初段免許取得者名簿欄（39ページ）には、確かに「道田静子」

の名前が記載されている。協会のフェイスブックによると、2016年（平成28）、妹さんを通して創立110周年記念誌をロンドンの静子さんへ送ったところ、懐かしい写真を見た静子さんに大変喜ばれたという。

長崎游泳協会の初段免許を取った4年後、19歳の静子さんは長崎原爆に遭遇し被爆した。弟の昭二氏は東京大学卒業後、ビジネスマンとして活躍した。2013年（平成25）に85歳で亡くなっている。カズオ氏の父鎮雄氏も母静子さんも叔父に当たる昭二氏も、終戦前後の価値観の大転換期を経験した世代なのである。

毎日新聞記事（2017年10月6日付）によれば、静子さんはカズオ・イシグロの小説が出版されるたびに、弟夫妻宛に手紙を添えて贈っていた。昭二氏が亡くなった後もロンドン在住の静子さんから兵庫県西宮市在住の昭二氏の妻満子さん宛に新作本が贈られているという。（取材・文　編集部取材班　取材協力　德永徹氏）

静子さんの名前が記載されている長崎游泳協会創立100周年記念誌『百年の歩み』

第四章

小説のなかの長崎と日本

1

遠い山なみの光
1982

エツコの語りの曖昧さ

　長編第一作の『遠い山なみの光』(1982)は、イングランドの田舎で暮らす中年の日本人女性エツコが、20数年前の、終戦後のナガサキを回想する話である。エツコは原爆で肉親や恋人をなくしたあと、父の友人であったセイジ・オガタの庇護を受け、その後、オガタの息子ジロウと結婚した。あるとき、ナガサキで新婚生活を送る夫婦のもとに、福岡でひとり暮らしをしている舅のオガタがやってきて、幾日か滞在した。イシグロが影響を受けたという小津安二郎の『東京物語』を思わせる設定だ。そのときエツコの胎内には、まだ3,4カ月のケイコがいたのだった。
　その夏、ほんの数週間だけつき合いのあったサチコとマリコ母娘の話が思い出の中心なのだが、それはエツコの記憶というフィルターを通して語られるために、信ぴょう性のほどは、わからない。

やがてジロウと離別し、英国人記者シェリンガムとともに、7歳になった娘のケイコを連れて英国に渡り、渡英後、ニキという混血の娘を生んだ。数年前シェリンガムに先立たれ、娘のケイコは引きこもりの生活をつづけた挙句、先頃マンチェスターのアパートで縊死した。そのために、エツコの心は自責の思いに苛まれ、ナガサキの記憶そのものもまた、歪み、ねじれている。

つまりエツコは、直視するのが耐え難い自身の体験を、はるか昔に知り合った、境遇の似通った母娘の姿に仮託しながら喋っているわけだから、語りは虚実の境もあいまいで、ときには自他の境界さえ踏み越えてしまう。苦痛を避けるために私たちが無意識におこなう心理的な補償作用、つまり記憶の変容、それこそが『遠い山なみの光』の主題のひとつなのである。

離婚の理由も、ケイコの自殺の原因も、次女ニキのロンドンでの暮らしぶりも、詳細は語られていない。故郷のナガサキや実の父親から引き離され、孤独のなかに引きこもり、ひとり暮らしの異国のアパートで、幾日も発見されないまま、

小津安二郎（個人蔵）

薄暗い部屋にぶら下がっていたケイコの、戦慄するような孤独の姿と、母親であるエツコの苦悩が胸に迫る。イシグロは、伝えたいのは小説の表層、つまりプロットそのものではなく、奥にひそむ「感情」（emotion）なのだと、繰り返し語ってきた。

「東京物語」ポスター
1953（個人蔵）

時代のくいちがい

　エツコの語りによれば、「朝鮮で戦争が行われていたので、あいかわらずアメリカ兵がたくさんいた」ころのことであったという。エツコは多忙な夫に代わってオガタを平和公園に案内し、ふたりで平和祈念像を眺める。だが朝鮮戦争があったのは1950年6月25日から1953年7月27日にかけてだから、このエピソードには年代的な間違いがある。平和公園ができたのは1950年のことだが、そこに祈念像が建立されたのは1955年（昭和30）8月8日のことだからだ。つまりイシグロ誕生の翌年である。おそらくイシグロは子どもの頃の記憶からこのシーンを現出させたのだろう。
　「像はたくましいギリシアの神に似ていて、両腕をぐっとのばして座っている。〔……〕以前からずっとこの像の格好がぶざまに思え、原爆が落ちた日のことやその後の恐ろしい日々とは、どうしても結びつかなかった。遠くから見ると、交通整理をしている警官の姿のようで、こっけいにさえ思えた」とエツコはいうが、幼いころ、交通整理をする警官に憧れたというイシグロの記憶が顔を覗かせているようにも見える。
　さらにもうひとつ、年代の合わないエピソードが挿入されている。エツコが、サチコ、マリコ母娘とともにイナサに登るときの話だ。3人はフェリーでまず対岸に渡るが、港には汽笛の音やおそらく近くの三菱造船所から響いてくる機械のうなり、ハンマーの音など、被爆からの「復興の槌音」が響き渡り、当時の長崎をほうふつさせる。3人がロープウェイに乗り込もうとすると、売店の男が「あの山頂にあるのが、いま建てているテレビ塔です。来年はロープウェイがあそこまで行くんですよ、頂上まで」という。英語ではcable-car（ケーブルカー）と書かれているが、これはイシグロの勘違いではなく、ロープウェイと同義語で使われる英語である。「一瞬木の梢が窓

平和祈念像（撮影：小池徳久）

稲佐山山頂の展望台（昭和34年撮影）（堺屋修一氏提供）

をかすめたと思うと、眼下に急斜面が開け、わたしたちは空に浮かんだ」という浮遊感からも、それがわかるだろう。

　ロープウェイを降りると、「はるか下のほうには、水面に機械がぎっしりかたまっているような港」が見え、「港のむこうの対岸には、ナガサキの町まで丘が連なっていた。丘の麓には、家やビルがごちゃごちゃと立ち並んでいる。はるか右手で、港は海のほうに広がっていた」と、いまもほとんど変わらない長崎の風景が描かれている。

昭和34年のロープウェイ（絵はがき）

　NHK長崎放送局がテレビの本放送を開始したのは1958年の暮れ、明けて1月には長崎放送（NBC）もテレビの本放送を開始した。稲佐山の頂上には朱色のテレビ塔が建ち、渕神社の境内から稲佐山頂上に至るロープウェイが開通したのは1959年（昭和34）で、これも小説の時代設定より数年後のことである。「稲佐山からの眺めはいまでもはっきり覚えています」（『Switch』1991.1）とイシグロは、渡英する前に登った稲佐山からの眺望の美しさを語っているから、これもまたイシグロの記憶に残る風景であったに違いない。

稲佐山ロープウェイと眼下の風景　　　　　　稲佐山に建つテレビ塔

イナサからの遥かな眺望

　『遠い山なみの光』の原題 *A Pale View of Hills* は、遠い故郷の風景をはるかに思い描くエツコの心象風景であり、同時に、稲佐山の頂から眺め渡した、果てしなくつづく山なみの記憶でもある。もちろん、いずれにしても空想上の風景で、長崎の山そのものが描かれているのではないが、薄闇に包まれたようなエツコの回想のなかで、このイナサ行きのエピソードは、まるでそこだけに光を集めたような鮮やかさである。
　イシグロはのちに、「稲佐山のシーンはテクニック上必要だと考えて書きました。彼女を丘の上に立たせて、もっと広い世界があるのだということを確認させる必要があった。言い換えれば、丘に登ることで文字通り広い視野を得させたかったんです」(『Switch』1991.1) と語っている。『浮世の画家』でオノがニシヤマの峠から町を見渡す場面や、『日の名残り』で、執事のスティーヴンスが、イングランドの丘に立ち、美しい景色に心打たれるシーンと同じ意味が込められているのだ。

イシグロが乗ったころのロープウェイと街の景色（昭和34年）（堺屋修一氏提供）

稲佐山テレビ塔のある風景(昭和34年)
(堺屋修一氏提供)

渡英から29年後にはじめて帰郷した時の印象をイシグロはこう述べている。「ディテールについては間違いだらけだったと痛感しました。ケーブルカーや路面電車なんか、細部が全部違っていたように思います。でもそれでいいと思うようになった。というのもあれが長崎というより、僕が個人的に抱いていた想像上の長崎なんだし、僕があの作品を通じて見出そうとしたのは、長崎という町ではないからです」(『Switch』1991.1)と。
　つまり、小説の舞台には「ジャーナリスト、あるいは旅行ガイドを書く人、あるいは歴史家に求められるような正確さは必ずしも必要ない」(『中央公論』1990.3)という姿勢を保持しつづけるイシグロにとって、年代の違いや細部の食い違いなど、何ほどのものでもないのである。家庭では長崎のことが話題にのぼってはいただろうが、『遠い山なみの光』の創作にあたって、両親は資料の提供や助言めいたことは一切していないというから、「イギリスにやってくる5歳までの長崎の家の情景、そして小津〔安二郎〕や成瀬巳喜男など50年代の映画作品からのインパクト――この二つの要素が混然一体となってわたしの内なる日本が作りあげられているように思われます」(『イギリス人の日本観』1990)というイシグロのことばどおり、「想像力と記憶と瞑想でこね上げられた日本」(同)、つまり、どこにも実在しない架空のナガサキが、ここに現出したということである。
　だが一方でイシグロは、戦後の日本を描いた『遠い山なみの光』と『浮世の画家』の執筆にあたって、なにか文献を参考にしたのかというディラン・オットー・クライダーの問いにたいし、「基本的には記憶をたどりました。物語のかたちがはっきりした微調整の段階では、とうぜん歴史関係の本にも目を通しました」(*Kenyon Review*, 1998.2)ともいっている。歴史の太い骨組みを確認したということなのだろうが、微細な年代の食い違いよりも、記憶のなかから立ち現れる、長崎の姿を書き込まずにはいられなかったのかもしれない。

ねじれた地図

　それにしても、事実と異なっているのは年代だけではない。小説に描かれたナガサキは、じっさいの長崎の地図と重ね合わせてみると、奇妙な具合に方位が定まらず、たとえ意図されたものではないにせよ、後年の『充たされざる者』を想起させるような、シュールで不可思議な空間が生まれているのが面白い。

　エツコは、原爆により「完全な焦土と化した」、川べりの泥だらけの「何千坪という空地」に新しく建った四棟のコンクリート住宅のひとつに住んでいた。それはまさに、長崎市の北部、爆心地の浦上以北に広がる広漠とした焼け跡と浦上川の光景を思い起こさせるものの、小説では「市の中心部から市電ですこし行った、市の東部にあたる地区」ということになっている。市の東部とは、イシグロの生誕地、新中川町や蛍茶屋の方角を指している。そしてまた、アパート近くの木造の家に住むサチコの、「ナガサキまで行かないと」という不可解なせりふも出てくる。「じつはアパートの窓から見えたのもイナサ山だった」というが、市の東からは、ほかの丘陵に遮られて稲佐山を見ることはできない。しかし一方、フェリーに乗ってロープウェイ乗り場に向かうシーンは、じっさいにイシグロが体験したものであるに違いない。

　だが、エツコが戦前に暮らしていた〈ナカガワ〉を、オガタさんと市電に乗って訪ねる場面に描かれた「わたしたちが立っていたのはコンクリートの広場で、まわりには何台か空の電車がとまっていた。頭上には黒い電線がごちゃごちゃと交錯していた」という情景は、まさに路面電車の終点、蛍茶屋の車庫付近を思わせるし、「狭い道が起伏しながらくねくねとつづいていた。今でもよく覚えている家々が、丘の斜面の至るところに建っている。傾斜地にあぶなっかしくつかまっている家もあれば、まさかと思うほど狭い場所に割り込

んでいる家もあった」という描写は、まさしく、新中川町の光景である。ここは市の東側にあたるが、山の蔭になっていたために、焦土と化す壊滅的な被害はまぬかれた。つまり作中では、地図上の東と北が逆に描かれながら、ときとして一点に重なり合うのだ。

　だがその一方で、記憶と想像力で捏ね上げたとイシグロがいう長崎が、部分的には現実の長崎に酷似していたということに興味がそそられる。イシグロは、「私の小さい頃の記憶は、事件とか特別なことが残っているんじゃなくて、普通の日常生活の一コマが断片的にパッパッと蘇ってくるんです」(『週刊文春』2001.11.8)と語り、「視覚的に感覚として覚えている子供の頃の記憶を描きたかった。空の色や路面電車の音、路面電車がレールの上を走るときに立てるコトコトと鳴る音だとか。まるでおもちゃのような」(NHK「カズオ・イシグロ文学白熱教室」2015.7.17放送)、と語ったが、この幼児期の記憶の断片が、思いがけず鮮明なものであったということなのである。

　出版当時は、作者がわずか5歳までの長崎しか知らないことと、エツコの語りが曖昧であること、さらにイシグロが作為的に、日本語が英訳されたかのような技巧的な文体を用いたことが相乗的に作用して、批評家のバリー・ルイスが思わず、夜店の光景や、うどん屋を営むフジワラさんが戦後の女性観を語る場面を引き合いに出しながら、「このジャパニーズネスは、いったいどこまで本物なのか」(*Kazuo Ishiguro*, 2000)と呟かずにはいられなかったのと同じ思いが、多くの読者の胸中にもあったことは否めない。そのときにはまだ、稲佐山や平和公園、新中川町だけではなく、小説の随所に、浜屋デパート、三菱、藤原さんという名前、夜店や屋台でにぎわう路地裏など、まさに本物の長崎が散りばめられていることに、多くの読者が気づかなかったのである。

昭和30年代の浜屋の屋上が見える写真
（浜屋百貨店提供）

浜屋デパートの5階食堂
（浜屋百貨店提供）

浜屋デパートのネオンサイン
（浜屋百貨店提供）

ほんとうに書きたかったこととは

　しかし、ひとつだけ、私たちが忘れてはならないことがある。イシグロはこの長編第一作を、望郷の念にかられて書いたのでもなければ、被爆地である長崎に何がしかのプロパガンダを込める意思もまったくなかったということである。当初は「一九七〇年代のイギリス西部」（『中央公論』1990.3）を舞台にして書き始めたもののうまくいかず、すぐに戦後間もない長崎を舞台にすることを思いついたのだとさえいっている。たしかに、被爆者である母親から伝え聞いた原爆の話は、幼い頃からイシグロの胸に強く刻まれていたし、子ども時代の長崎の記憶を書き留めておきたいという思いも、しだいに確固たるものになったには違いないが、小説構想の段階では、長崎はまだ副次的なものだったのだ。

　では、〈記憶の変容〉という、イシグロ文学の底流を流れ続ける主題のほかに書きたかったこととは何だろうか。「私はその頃、1970年代、80年代にイギリスで育った若者として、ある問題意識、テーマをもっていて、それを表現するのに最も適していると思われ

る舞台を選んだのです」(『中央公論』1990.3)とイシグロはいい、さらにまた、終戦からわずか9年後に生まれたという境遇を顧みて、「自分が戦争という過酷な年月を切り抜けなければならなかったらどうしていただろう、その困難にどう対処していただろう」(「早稲田文学」2015.秋)ということを考え続けていたものの、「最初の二作では、日本の戦争責任という問題も出てきてはいますが、僕が関心があるのはそのことじゃないんです」(『Ｓｗｉｔｃｈ』1991.1)とも語っている。それはいったいどういうことなのか。

　イシグロは、学生時代に社会の価値観が大きく変動するさまを眺めながら、「僕は他の世代がどう生きてきたかを振り返ることで僕自身への警告にしたかったんです。歴史がどう動いたかを見据えて、どういう人達が時代の変化によく適応したかを見たかった。そうやって僕自身を戒めていきたかった」(『Switch』1991.1)というのだ。つまり、これまでグレゴリー・メイスンほか数多くのインタビューに答えていったように、何がじっさいに起こったのかということより、人間の「感情の激しい変化」(*Conversations with Kazuo Ishiguro*,2008)そのものを描くことが目的であったというのだ。

　ということは、『遠い山なみの光』のエツコの心の嵐を描いたのと同様、サブ・プロットであったオガタの生き方をもっと追及したかったのである。教育者として生きてきたオガタは、戦後、共産主義思想に染まった教え子から厳しい目を向けられ、胸中に苦悩を抱えながらも、時代の流れにうまく対応しきれずにいる人物なのである。

　しかしイシグロの内で、小説を書き進めるうちに、しだいに記憶の長崎が大きく膨らみ、そのオガタさんをどうやら片隅に追いやってしまったらしい。

2

浮世の画家
1986

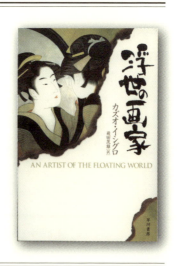

主題はイシグロ自身の生き方

　『浮世の画家』は、『遠い山なみの光』のサブ・プロットであったセイジ・オガタの物語を、オガタと境遇の似たマスジ・オノのひとり語りで書き綴った物語である。イシグロは、「本当は、この部分は私にとって非常に重要な部分でした。しかしどういう訳か、他の部分が書き進むにしたがってふくれ上がってしまいました。そして重要と思っていた〈緒方さんストーリー〉が、サブ・プロットになって隠れてしまったのです」(『イギリス人の日本観』1990)と語り、このふたつの小説のあいだには、「主題の鍛錬という要素」(Conversations with Kazuo Ishiguro, 2008)があったといっている。
　イシグロにとっての「重要な部分」とは、『遠い山なみの光』の章でもあげた、「私はその頃、1970年代、80年代にイギリスで育った若者として、ある問題意識、テーマをもっていて」(『中央公論』

1990.3)という発言とかかわっており、それから四半世紀を経た後の講演でも、それが「20代の作家にしかない独特の何か」（NHK、2015.7.17）であったとふり返っている。

イシグロが5歳で英国に移り住んだ翌年の1961年から始まったベトナム戦争は、イシグロが高校を卒業した1973年の米軍撤退、75年のサイゴン陥落で終結を迎えた。卒業後にイシグロが一時期身を置いたアメリカ西岸を中心にしたヒッピー運動もしだいに衰退に向かう時期であり、みずからを〈遅れてきた世代〉と称するイシグロには、何かをやり遂げたという充足感はなかったのかもしれない。高校時代に、学生運動に身を投じていく仲間の危うさを目にする一方で、何もしないでいることの危機を感じてもいたという。

「僕は第一作の主人公に非常に近い人間だと思っています。それが第二作目では更に近づいた気がします。僕自身、人生の終わりにさしかかって、過去を振り返ったときに、自分が人生を浪費していた、或いは自分の人生が失敗だったと気づくことになるんじゃないかという恐怖をもっているので」（『Switch』1991.1）といい、「僕は、ある個人が間違った何かにずっと忠誠を捧げていくということに興味があるんです。それは僕自身の問題でもあると思っているからです」（NHK、2015.7.17）というイシグロだが、この一見過剰とも見える過去への自責の思いこそが、たえず小説の本流として流れつづけているのである。

イシグロは大学を卒業後、ホームレス支援の仕事に就き、志を同じくする、現在の妻のローナ・マクドゥーガルと出会った。自身の人格形成についてグラマー・スクール時代をふり返ってイシグロは、「人生でなにか役立つこと、なんらかのかたちで人びとのためになること、世界をより良いものに変え、もっと平和な場所にすることが求められた。わたしはそんな60年代の理想主義の精神風土で育ったのだと思う」（*Conversations with Kazuo Ishiguro*, 2008）とクリストファー・ビグズビーを相手に語っている。もちろん、こうした発言の背後には、旧弊な価値観と新時代の理

想がせめぎあう1980年代から90年代にかけての英国における時代精神の影響があったことは事実だが、その一方で、つねに社会への貢献ということを念頭に置いて仕事をしていたという父、鎮雄氏の生き方や祖父、昌明氏の姿が重なっているのかもしれない。

ここは長崎ではない、とイシグロ

『浮世の画家』の舞台はどこかとグレゴリー・メイソンに問われたとき、イシグロは即座に「想像上の都市です」(Conversations with Kazuo Ishiguro, 2008)と答えた。自分が知っている唯一の都市である長崎をふたたび描けば、西欧の読者はすぐに原爆と結びつけるだろうから、原爆が主題ではないことを、改めて明確にしたかったのだというのだ。『遠い山なみの光』出版の翌年、1983年に『グランタ』誌に発表した短編「戦争のすんだ夏」で、戦争の被害が残る鹿児島を舞台に選んだことからも、『遠い山なみの光』で批評家の関心が原爆に集中したことへのイシグロの苛立ちがうかがえる。

「戦争のすんだ夏」は、『浮世の画家』の原型ともいえる小品である。かつて画家であった祖父の家に身を寄せている7歳の戦災孤児、イチロウ少年が、戦時中に祖父が戦意発揚のために描いた絵をひそかに覗き見る話である。軍旗を背景に剣を掲げた侍が描かれた絵は、暗褐色の背景が血の色のように見えて気持ちが悪くなり、イチロウは「がっかりした」という。『浮世の画家』は老年となったオノ自身の語りによって過去が描かれるが、「戦争のすんだ夏」では、イチロウ少年という幼い子どもの視点から眺めた祖父の姿が描かれている。イチロウ少年は『浮世の画家』で、オノの孫であるイチロウに姿を変えてふたたび登場するが、そこには子ども時代のイシグロと祖父の姿が、生き生きと描写されている。蓋をし

たはずの長崎の記憶が、物語の表面にふと顔を出しているのだ。

　それにまた、『浮世の画家』の町から、原爆のイメージが完全に払拭されているかといえば、必ずしもそうではないようだ。爆風によって煽られ、大きく波打ち、床板がひび割れて、雨の降る日にはひどい雨漏りがしたというオノの屋敷の惨状は、爆撃を被った日本中の被災地の姿でもあろうが、長崎の下西山にあったイシグロの母親の実家が、原爆の爆風で歪み、ひどい雨漏りがしたという話を思い出さずにはいられない。

　また『浮世の画家』全編に漂っている、〈煙〉と〈ものの焦げるにおい〉は、焼夷弾に焼かれたオノの妻や、爆撃によって壊滅したこの町の記憶であり、終戦から3年後の今も、いつ終わるとも知れぬ復興作業のさなかに、あちらこちらの瓦礫の山から立ち上る煙のにおいでもある。空に立ち上る煙を〈ためらい橋〉に立って眺めるオノの胸にそれは、「打ち捨てられた人を火葬する弔いの煙」に思えるのだが、その姿に、被災地長崎への、イシグロの祈りの姿を重ねることは、牽強付会に過ぎるだろうか。

　イシグロはデイヴィッド・セクストンの質問に答えて（*Conversations with Kazuo Ishiguro,* 2008）、母方の祖父が被爆者の救援のために爆心地に足を踏み入れ、放射能の二次被ばくによって健康を害し、間もなく亡くなったと話しているが、詳細は確認できていない。この話が事実であれば、数年前に静子さんからの手紙に綴られていた「精霊流しで父親を送った時のしんみりした気持ち」とは、そのときのことであったのかと感慨深いものがある。

　イシグロは長崎が被爆地であることを幼いころから知っていたが、8歳か9歳のころ、ということはイギリスに渡ってからのことだが、百科事典を引いて、自分の生まれ故郷が、世界にふたつしかない被爆地のひとつだということを知ったという。そのときは、そのような土地で生まれたことが、「誇りに似た、奇妙な感じ」であったと、幼時の素朴な気持ちをセクストンに伝えている。

イースト・アングリア大学の創作科時代に書いた「奇妙な折々の悲しみ」には、母親が学徒動員時代に、地下の工場で体験した記憶の片鱗がうかがえるが、イシグロが原爆についてさらに詳しい話を聞いたのは、この短編が活字になった1981年よりのちのことであったという。

マスジ・オノの物語

　英国籍を取得したあとに執筆され、冒頭に「両親へ」と献辞が記された『浮世の画家』に、第一作よりも濃厚な日本らしさが描かれたことは興味深い。
　オノは若いころ、画家になることに反対する父親に背き、職人画家として身を立てるが、その後、真の芸術家と認めたセイジ・モリヤマのもとで暮らすようになる。モリヤマは、夜の繁華街の歓楽と酒の世界に耽美的な魅力を見出し、芸者や遊女を描いて、現代の浮世絵師と称された人物である。だがオノは、極右思想の持ち主であるチシュウ・マツダを知ると、師の退廃的な画風に反発を覚えるようになり、軍国主義を標榜する人物となって、戦前の画壇でそれなりの地位を占めていく。しかし、戦後、画壇から退いたオノは、かつての弟子や長女セツコの夫であるスイチからも冷ややかな目で見られ、次女ノリコの縁談に自分の過去が何らかの障害になっているのではないかと内心不安を抱き、過剰な自負と自責のあいだを揺れ動いて、『遠い山なみの光』のオガタと同様、痛々しいほどの自己韜晦（とうかい）を繰り返すのである。
　戦後になってもなおオノの誇りを支えているのは、戦前にこの町で力を持っていた人物の遺族から、法外な安値で移譲された広壮な屋敷である。しかし、その屋敷すらも戦禍によって、オノの心と同様、傷ついて修復を待っている。〈ためらい橋〉のたもとから急な

上／精霊流しのにぎわいと寂しさは、今も昔も変わらない（昭和38年8月15日）（堺屋修一氏提供）
下／『浮世の画家』の花街を思わせる長崎丸山の華やかな正月風景（昭和35年1月）（堺屋修一氏提供）

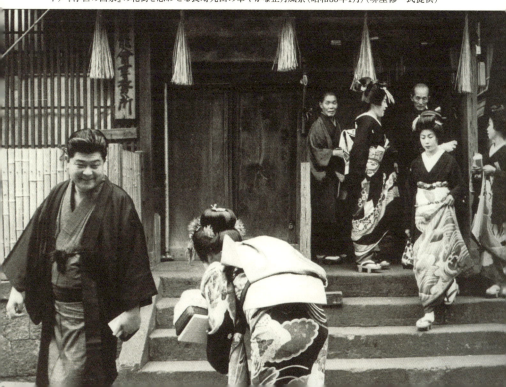

坂を登ったところにあるオノの屋敷は、塀に囲まれた広い庭と立派な杉の門、優美な瓦葺の屋根、彫刻をほどこした棟木、長い渡り廊下のある日本家屋であった。
　久しぶりにチシュウ・マツダの自宅を訪ねたとき、マツダは庭に降りて池の鯉に餌をやる。そのときオノは、高い塀の向こうの木にしがみつき、4歳か5歳の男の子が、こちらを眺めているのに気がつく。それは、坂口明徳が指摘したように（『多文化時代のイギリス小説』1993）、幼いころのイシグロの姿を彷彿させる。先達の生き方を、自分の人生の指針にしたいというイシグロが、父親や祖父の時代を覗き見ようとする姿であろう。このときマツダは、「過去の人生を振り返っては、傷があるのを見つけて、いまだに気に病んでいるのは、きみやおれみたいな人間だけだよ」と慰めとも自嘲ともつかないことばを口にする。
　取り戻せない過去にたいして、イシグロが導き出したひとつの答えだろうか。小説の最後でオノは、すっかり近代化されたオフィス街のベンチに腰をおろし、若者たちの姿を眺めながら、「我が国は、過去にどんな過ちを犯したにせよ、いまやあらゆる面で、より良い道を歩む新たな機会を与えられているように思う」と心に呟く。これは、イシグロにおける個人の記憶という主題が、やがて国家など集団の記憶の問題へと拡大されていく道筋を、ほんの一瞬だが、垣間見せることばでもあった。

西洋文学の影響

　この章の冒頭で述べたように、『浮世の画家』には、過剰なほどの日本らしさがあふれている。本作の執筆にあたって、長崎を舞台にすることを避けたイシグロは、記憶の助けを借りる代わりに、日本文学や日本映画などから、さまざまな素材を寄せ集め、ディテー

ルを組み立てていったような感えさある。

　木村伊量のインタビューに答えてイシグロは、『浮世の画家』の執筆中、「絶えず小津映画の名優、笠智衆さんの顔が頭に浮かびました」(『朝日新聞』2006.10.18)と発言しており、チシュウ・マツダの名が、笠智衆から借用したものであることは、ほぼ間違いないだろう。小津の影響はそれだけではない。オノが一時期師と仰いだモリヤマの絵についての説明にも、それがうかがわれる。「ひざまずく女をかくべつ低い視点から見た絵——あまりにも低いので、床の高さから見上げているように感じられた」という描写からは、ロー・アングルからの撮影方法で知られる小津の映像が浮かび上がってくるようだ。

　また、提灯の明かりの陰影効果を特徴とするモリヤマの画風は、イシグロが英訳で読んだという川端康成や谷崎潤一郎の幽玄を思わせるし、小津の映画や川端の『山の音』など、作品中の人物の名を数多く借用していることも、荘中孝之ほか複数の研究者によって指摘されている。

　しかしこうした、いわば小説の表皮における日本映画や文学の模倣は、イシグロにとってさほど重要なことではないようで、「技法的にも、この作品は日本的なものではなく西洋的な方法を用いて書いた小説なのです」(『イギリス人の日本観』1990)などと述べている。たしかに、語り手の認識の相対性を問う手法、語りそのものの内部が空洞化する小説の技法は、西欧文学では古くから見られたものである。

　オノの回想は1948年10月にはじまり、1949年4月と11月、1950年6月と、終戦から3年から5年にかけて、それぞれの時点から、過去を振り返るのだが、そのつど変化する心の状況によって、記憶そのものも揺れ動く。この回想の技法は、2016年に出た『浮世の画家』のKindle版序文によれば、ウィルスにやられて、ベッドに伏していたころ、プルーストの『失われた時を求めて』の「コンブレー」の箇所を繰り返し読んで、影響を受けたと語っている。オノの過去の

断片的な回想が、脈絡なく逸れては、また戻るというような手法のことを指しているのであろう。

　また登場人物の名を、オノサン、モリサン、オバサン、オジイ、ボッチャン、センセイなどと、いわゆるローマ字表記にする一方で、フルネームの場合は、アキラ・スギムラ、ユキオ・ナグチ、セイジ・モリヤマと、ファースト・ネームを前に置く英語流の表記を用い、また敬意を表する相手にはセンセイではなく、ミスター・オノと呼びかけるなど、意図的な使い分けを行なっている。おそらくこれは、日本語にも英語にも偏し過ぎることのない、ハイブリッド性を示したいという意図の表れかもしれない。

長崎の片鱗
花街丸山あたりの情景

　もちろんイシグロがいうように、この町は長崎ではない。しかし、随所に長崎らしい風景が、わずかながら顔を覗かせている。オノの屋敷から急な坂道を下ったところにある木橋〈ためらい橋〉(the bridge of hesitation)は、明らかに長崎の思案橋に着想を得たものであろう。歓楽街に至るこの橋は、気の弱い男たちが「この橋の上で、夜の楽しみにふけるか、それとも妻の待つ家に帰るか心を決めかねてうろうろしていた」ためにつけられた名だと書かれている。橋の下を流れる川の風情も、長崎丸山あたりの情景を思い浮かばせる。

　丸山は、江戸時代に栄えた江戸の吉原、京都の島原にならぶ、いわゆる三大花街のひとつであった。明治期には江戸時代の半分以下の面積になるものの、料亭文化が花開いた。オノが知る花街の華やかさはこの時代のことである。

　この町にやってきたころのオノは、ある工房で海外輸出用の絵画を描く仕事を始める。芸者や桜、鯉、寺など外国人受けするよう

料亭 青柳

料亭 花月

　な土産物の絵を、外国船が停泊している間に、仕上げるのである。外国船の出入りする港と歓楽街、急な坂、さらに市内の随所をつなぐ多系統の路面電車、そして戦禍。これだけの材料がそろえば、長崎にどこかよく似た町といっても過言ではないだろう。

　かつて長崎の花街があった丸山町と寄合町を合わせた傾斜地のまんなかには、銅座川に注ぐ細い川が流れている。〈思案橋〉の名残りはいま、路面電車の停留所思案橋近くの交差点の四隅に建つ、昭和48年（1973）に建立された鉄筋コンクリート製の橋の欄干にしか面影はない。この下を流れる銅座川は暗渠になっている。その先の、福砂屋本店の筋向いにあった思い切り橋は、もともと細い溝にかかる木橋だったが、明治20年に石橋、明治41年に鉄筋コンクリート橋になり、昭和14年に周辺の川は暗渠化され橋も撤去された。橋の跡には見返り柳が植えられ、往時の雰囲気を伝えている。そして芸妓を手配する長崎検番や、史跡料亭花月、料亭青柳、「ぶらぶら節」にも唄われた中の茶屋の庭園などにいまも往時と変わらぬ風情が残っている。

　また、若いオノが描いた、ニシヤマの峠からの眺め、平和公園を思わせるタカミ・ガーデンに建つ平和祈念碑などにも、長崎の片鱗がうかがえる。

イシグロが4歳の頃の思案橋の風景(昭和34年3月)
(堺屋修一氏提供)

見返り柳（現在柳の木はない）　　　　　　　　　思案橋欄干

　1948年10月の回想場面で、オノと孫のイチロウは、連れ立って怪獣映画を見に行く。1954年の11月に公開された東宝映画『ゴジラ』と思われるこの映画は、ビキニ環礁でのアメリカによる水爆実験に着想を得たもので、1948年に上映されたとするには、相当の無理がある。1954年はイシグロ誕生の年、長崎での『ゴジラ』の上映は、それより数年遅れたと思われるので、5歳ほどのイシグロが『日本誕生』の映画を見たのと同様、この映画をじっさいに観たか、あるいは祖父とポスターを眺めたという記憶につながるエピソードなのかもしれない。『ゴジラ』の映画を観て震え上がるイチロウの姿は、『日本誕生』を観たときのイシグロの姿そのものであったという。

『ゴジラ』初公開のときのポスター
（個人蔵）

映画の看板を見る老人。
イシグロと祖父も、こんなふ
うにポスターを眺めたのだ
ろうか。(昭和33年3月)
(堺屋修一氏提供)

第五章

〈遠い記憶〉の残響

1

日の名残り
1989

英国執事の人生を描く

　前作の『遠い山なみの光』と『浮世の画家』をめぐり、日本人的特性についての議論が沸騰したのを受けて、イシグロはそうした論評に逆らうように、英国らしさの典型ともいえる貴族の館を舞台に、英国執事の人生を描いた。『日の名残り』である。

　第二次大戦後に、アメリカ人の資産家が買い取ったイギリスの名邸ダーリントン・ホールに居残ることになった執事のスティーヴンスは、新しい主人の車を借り、イングランド西部へと人生初の旅に出る。それは、自らの過去をふり返る旅でもあった。生涯をかけて執事の〈尊厳〉を極めようとしたことに意義はあったのか、第一次大戦後にドイツのシンパとなり、第二次大戦後に社会から追われたダーリントン卿への献身と忠誠は正しかったのか。そして女中頭ミス・ケントンへの思いを秘し、臨終の父よりも職務を優先したことに悔いはないのか。心のどこかに悔恨の思いを抱きながらも、スティーヴンスはまだ歪曲した記憶のなかに、慰めを求めようとするのである。

「相変わらず批評家は、私の表現の中に〈日本らしさ〉を見つけたがるでしょうが」（『イギリス人の日本観』1990）というイシグロの推量通り、「イシグロの執事は、目盛つきの階級意識、細部へのこだわり、完璧主義、人をもてなすことへのひたむきさの点では、まことにイギリス人らしく、日本人でもよかったほどである」(*Partisan Review,* 1991)などというピコ・アイヤーのような皮肉な批評も生まれた。これにたいしイシグロは、「舞台が日本かイギリスかの違いだけだと言った人もいます。その言い方はいささか辛辣かもしれませんが、そこにある程度真実があることも確かです」（『文学界』2006.8）と認めながらも、「自分の感情を押し殺して感情を表すのは悪だと考える人間を描くには、執事がぴったりだった」（『朝日ジャーナル』1990.1.5）と述べ、執事とは、何かに従属しなければ生きられない普遍的な人間のメタファーであることを明らかにした。

無国籍作家の立場を示す

そして、前2作が実在する日本を描いたものではないのと同様に、『日の名残り』もまた、どこにも存在することのない英国を描いた〈脱イングランド小説〉、〈超イングランド小説〉なのだと語り、東にも西にも与しない〈無国籍作家〉としての立場を明らかにしたのである。

しかし一方でイシグロは、「ハロルド・ラスキの『紳士たることの危険』といった当時の冊子や論文も大量に読んでいた（略）1930～50年代の英国田園地帯のガイドブックを探しもした」（『COURRIER』2015.2）と打ち明け、フランシス・フォード・コッポラ監督の映画『カンバセーション…盗聴…』（1974）の主人公が「執事スティーヴンスの遠い原型」（同上）だとも語っているから、英国の書物や映画からの影響はもちろん否定できない。

スティーヴンスは、ミス・ケントンを訪ねた旅の終わりに、過去はもはや取り戻すことができないことを、しみじみと悟り、立ち寄った

ウェイマスの桟橋で、明かりが灯される夕暮れを待つ。それまで、感情を押し殺して生きてきたスティーヴンスの堅固な鎧が、このとき一瞬ひび割れて涙があふれる。この場面は、イシグロがアメリカのロックシンガー、トム・ウェイツの『ルビーズ・アームズ』の「俺の心が破れていく」という一節を聴いた瞬間、「ほとんど耐えがたいほど心を打たれた」(同上)ときの思いをもとに、手を入れ直したのだという。スティーヴンスは、自らの過ちを悟り、新しい雇い主のもとで残りの人生を、新たに踏み出そうとする。それこそが、運命に抗することのできない人間の、せめてもの〈尊厳〉なのだとイシグロはいっているようだ。

　これまでに描いたオガタやエツコ、オノ、そしてスティーヴンスなどについて、「そういったキャラクターを肯定的にも否定的にも観ていません。(略)戦わない人が無意味なわけじゃない」(『Esquire (日本版)』2006.12) ということばに、人間の無力さへの共感と理解が示されている。

　旅の初日、山の中腹で車をとめたスティーヴンスは、そこで出会った土地の男に促されて、眺望のきく丘の頂に登る。なだらかに起伏しながら遥かにつづくイングランドの田園風景を眺めながら、スティーヴンスは胸に新しい力が湧くのを感じるのである。『遠い山なみの光』で、エツコをイナサの頂に立たせ「広い視野を得させたかった」ときと同じイシグロの思いから生まれたシーンである。

2

充たされざる者
1995

カフカ作品のようなカオスをさまよいつづける

　ヨーロッパの、東欧を思わせる町に、世界的ピアニストと称されるライダーがやってくる。文化的危機に瀕している町の窮状を救うため、〈木曜の夕べ〉という催しに招かれたのだ。だが町に足を踏み入れたとたん、時空は悪夢さながらに引きのばされ、歪み、目の前につぎつぎと現れる人びとは、ライダーの過去から出現する亡霊のようでもある。やがてホテルのポーター、グスタフの娘ゾフィーが、ライダーの別居中の妻であり、その子ボリスが息子であることが、ライダーのおぼろげな記憶のなかから浮かび上がってくる。どうやらそこは、ライダーの故郷であるらしいが、やはり見知らぬ町でもある。

　さまざまな人びとからもち掛けられる相談事のために、〈木曜の夕べ〉という目的にたどり着くことができず、ライダーは、フランツ・カフカの『城』(1926)さながらの、カオスのなかをさまよい続けるのである。英語圏では聞きなれない人物の名前、とつぜんライダーの行く手に現れる壁、全体主義思想への連想を誘うエピソードが散見されるものの、政治的なメッセージはいっさい込められていない

とイシグロは言明し続けてきた。

　このシュールな世界をイシグロは、「記憶やフラッシュバックに拠らないある人物の伝記」(*Gurdian*, 1995.4.29)、そして「夢でもあり、男の頭の中から醸し出された世界」(『新潮クレスト・ブックス　来たるべき作家たち』1998)でもあると称した。また、闇の中からつぎつぎと浮かび上がる人物たちは、「彼の分身というのではないが、過去のこだま、未来の先触れ、自分の将来にたいする恐れの投影である」(*Publisher's Weekly*, 1995.9.18)といい、「人生を生きるということは、この男の経験する4, 5日のようなものだ」(*Kenyon Review*, 1998.2)ともいう。つまりこの悪夢のような世界は、ひとりの人間の一生の姿そのものなのである。

　ライダーの語りは、ときとして記憶喪失、健忘症のような様相を見せるが、それはライダーの特異な性格を示すものではない。人生の長いスパンで考えれば、人は約束や誓いを反古にし、信条をひるがえし、記憶を失う。人間とは誰しもライダーと同じようなものだということなのである。

一種のエモーショナルな自伝

　『充たされざる者』には、親子関係の断絶、男女の愛の亀裂、芸術の価値への不毛の論議などが繰り返し現れるが、とくに注目されるのは、子ども時代への退行願望、過去に暮らした家や部屋への強い執着が描かれていることである。ライダーは、見知らぬ町のホテルの部屋を、むかし両親とともに暮らした叔母の家だと信じ込み「少年時代の聖域」に戻ったやすらぎを覚えるのだが、やがて支配人から新しい客室に移されると「絶望的な悲しさ」がこみ上げ、また自分の息子であるらしいボリスのために当てがわれた部屋に足を踏み入れると、「むかしの自分の部屋には永遠に戻れない、という強烈な喪失感」に襲われるのである。また妻であるらしいゾフィーは、ライダーやボリスと暮らすための家探しに奔走している。

　かつて3人が暮らしていたと思われるアパートに、置き去りにしてきたサッカー・ゲームの人形を取りにボリスとともに訪れたライ

ダーは、窓からある部屋を覗き込む。「その部屋にあるなにかに目をとめるたびに、強く記憶に訴えるものがある。(略)やがてここはわたしがその昔、両親と一緒に数か月住んでいたマンチェスターの家の居間の後部にそっくりなのだと思い当たった」と、ライダーは自らの幻覚が生み出す既視感に陶然とするのである。

　さらにまた、親子3人で訪れたパーティ会場近くの草地で、錆びてくずれかけた廃車を目にしたライダーは、「この車が、かつて父が何年も乗っていたわが家の愛車の残骸だということがわかった」といい、もはや原型もとどめない車に身をもぐりこませて、しばし過去に思いをはせるのである。

　これらのエピソードに、「はるか昔にばらばらになってしまったものを、つなぎ合わせようとする、馬鹿げた野心」(*Contemporary Literature*, 2001)を抱きつつ小説を書くというイシグロの思いを汲み取ることも不可能ではないだろう。次作の『わたしたちが孤児だったころ』にも、それと同時期に構想された『わたしを離さないで』にも、同様のテーマが繰り返し描かれている。

　ライダーは、人びとから期待を寄せられた〈木曜の夕べ〉の仕事をなしとげることもなく、やがて市内を循環する路面電車に乗りこむが、妻や子にも去られ、傷心を抱えつつ車内で出会った男に促されて、車両の後方にいつしか出現していたビュッフェに向かう。『充たされざる者』には、一躍ベストセラー作家となったイシグロが、プロモーション目的の世界旅行を余儀なくされ、執筆や家族との時間が持てなくなった焦燥が反映されていると当人は語った。著者自身の思いがそのようなかたちで書きこまれているのだとすれば、随所に描かれたエピソードにも、イシグロの故郷回帰、あるいは母胎回帰への願望が顔を覗かせていると考えるのも、あながち牽強付会とはいえないだろう。

　イシグロ自身も「わたしは常に、登場人物たちとのあいだに奇妙にねじ曲がった関係をもってきました。言うならば、そこにはおそらく、一種のエモーショナルな自伝といった趣があるのでしょう」("*Kazuo Ishiguro with F. X. Feeney*")と語っているのだから。

3

わたしたちが孤児だったころ
2000

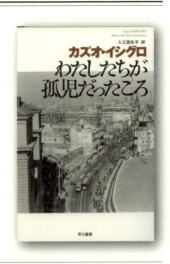

破壊された世界平和の秩序回復がテーマ

　イシグロ自身もこの小説を「心理的探偵小説」(*Contemporary Literature*, 2001)と呼んでいるように、幼少期から愛読してきたコナン・ドイルの〈シャーロック・ホームズ・シリーズ〉や、小学生のころに親しんだアガサ・クリスティなどの探偵小説から、破壊された世界平和の秩序を回復するという構想を得た作品である。主人公クリストファー・バンクスの歪んだ心の内部そのものが描出された作品であるという点では、前作の『充たされざる者』と共通する部分も多い。

　バンクスは、1923年の夏にケンブリッジ大学を卒業し、ロンドンのケンジントンにあるベドフォード・ガーデンズ14番Bにフラットを借りた。少年時代から憧れていた探偵という職業についたバンクスにふさわしく、シャーロック・ホームズの住まい、ベーカー街221番Bを思わせる所番地である。バンクスは、寄宿学校時代に14歳の誕生日を祝って友人たちから冗談半分に贈られた拡大鏡を愛用しているが、そこには「1887年、チューリッヒ製」と書かれている。1887

年とは奇しくも、ドイルの『緋色の研究』にホームズが初登場した年である。

学友から「変わり者」だったと指摘されるバンクスの寄宿学校時代の姿は、9歳のときからホームズに熱中したあまり、ヴィクトリア時代風の英語を使って級友や教師をとまどわせたという、少年時代のイシグロの姿を思い起こさせる。

有名な探偵を自称するバンクスは、10歳まで幸福な子ども時代を過ごした上海へと舞い戻る。共同租界の家から相次いで失踪した両親の行方を捜すためである。時は1937年、上海はいわゆる日中戦争開戦後の緊張のただ中にある。じつは、父は愛人と駆け落ちした後シンガポールで客死し、生活に窮した母は上海の金持ちに身を委ねたことが、のちに判明するのだが、バンクスは、両親の〈誘拐事件〉を解決することこそが、世界戦争前夜の極東における混乱を鎮めることに寄与すると誇大妄想を抱くのである。

先に述べたように、イシグロは歴史的事実や小説の舞台そのものに重点を置いているわけではないと公言してきたが、『わたしたちが孤児だったころ』だけは例外で、祖父昌明氏の上海関係の資料や写真から1930年代の上海に強く魅せられたイシグロが、歴史関係の本などにもリサーチを重ねて執筆したものである。つまり『わたしたちが孤児だったころ』は、魔都と呼ばれたころの上海で活躍した祖父と、その時代の租界へのノスタルジックな回想でもあるのだ。租界とは、子ども時代の〈エデン的記憶〉の象徴そのものである。

過去を想起するとき、よみがえってくる記憶がしだいに変容していく漸進型と、停滞型があると心理学ではいわれるが、『浮世の画家』のオノの語りは前者の傾向が、『充たされざる者』のライダーには後者の傾向が強い。しかしバンクスの記憶は極端な停滞型、過去が子ども時代のままに凍結された状態にあるといえる。

また、『充たされざる者』では、読者は冒頭からライダーの悪夢の世界、つまりリアリティとは乖離した場所に誘い込まれたことを承

知の上で小説を読むことができるが、『わたしたちが孤児だったころ』では、バンクスが時間と場所への見当識（オリエンテーション）をいつ喪失したのかを、最後まで知ることができないのである。イシグロも、「この男はほんとうに探偵だったのか、あるいは、ただの夢想家だったのか、たしかに上海にいたのか」（*Contemporary Literature*, 2001）という点については、読者も推理を働かせなければならない、と謎めいた発言をしている。

　1937年に執筆したことになっている第3部に、バンクスはこんなことを書いている。「じつをいうと、ここ一年ほど、急激に過去の思い出でいっぱいになってきたのだった。それがますますひどくなったのは、わたしの子ども時代や両親の思い出が、近頃ぼやけ始めたからだった。最近になってわたしは、ほんの二、三年前なら永久に記憶に刻まれていると信じていたことが思い出せなくて、自分がもがき苦しんでいることに何度も気がついた」と。このことばは、まるで、イシグロが「小説を書き始めた二十代半ば、わたしにとって非常に貴重な日本の思い出が頭の中から徐々に消えつつあり、もし、本の中にそれを書き留めておかないと、永遠に消滅してしまうだろうと、感じたのです」（『CAT cross and talk』1990.12）と語ったときのことばと同じに見える。

祖父が暮らした租界時代の上海の町が

　バンクスは、行方不明の両親を奪還したいという思いに駆られるが、それはいいかえれば、幸福な過去を取り戻したいという願いでもある。バンクスは、大英博物館の図書室で上海に関するさまざまな資料を渉猟して調査を開始するのだが、それは、「二十代になってから、初めて自分のルーツである日本に強い興味を抱くようになり、日本の映画を観たり、日本文学を読み漁ったり、ロイヤル・アカデミーなどで日本のアートの展覧会があれば足繁く通ったりしました」（『婦人公論』2006.11）というイシグロの状況とも重なり合う。『充たされざる者』と同様に、『わたしたちが孤児だったころ』にも

また〈エモーショナルな自伝〉的な要素が組み込まれていると見て差し支えないだろう。

そしてこの小説にもまた、むかし暮らした家への強い回帰願望が描かれている。上海を再訪して間もなく、旧友の案内で見知らぬ中国人の一家を訪ねたとき、その家にはさまざまな改築が施されて、もとの姿が失われているにもかかわらず、バンクスは租界時代に両親と暮らした家だと信じ、返還してもらう契約さえあったと口にするのである。

その後バンクスは、戦闘の惨禍が残る町を、両親が20年以上にもわたって監禁されていると信じ込んだ家をめざして瓦礫や壁を超えて進んでいく。やがて発見した日本人の負傷兵を、租界時代に仲の良かった、隣家の少年アキラだと思ったバンクスは、過去の記憶のなかへと一気に退行していくのである。

バンクスが暮らした租界の家は、白い英国スタイルの大きな建物で、イギリス風の芝生を植えた庭の奥には、イシグロの生家の築山を思わせるような小山があって、バンクスとアキラはそのまわりで遊んでいた。一方、アキラ少年の住む隣家は、西洋家具を東洋風にしつらえた内装になっている。アキラの両親は故郷である長崎をひどく恋しがり、しばしば帰国のことが話題に上っていた。だがアキラは、一度は日本の学校にやられるのだが、なじめなかったのかすぐに戻ってきて、いつまた日本に戻らなければならないかという恐怖に取りつかれていた。そしてアキラは、「お母さんとお父さんは、ぼくに日本人らしさが足りないと、口をきかなくなる」というのだ。

バンクスが、アキラだと信じる日本兵に会ったとき、日本兵は、母国に残してきた5歳の息子への伝言を頼む。「いい世界を築け」と。そして陶然として「あの子のおもちゃ」ということばを口にするのだ。まるでイシグロが、5歳のままでフリーズした記憶の中の分身に向かって語りかけているようでもある。バンクスが自分自身に言い聞かせるように、「子ども時代のことにノスタルジックになりすぎてはいけない」というと、アキラはこんなことばを返す。「だいじ、とって

もだいじなことなんだ。ノスタルジックになるってことは。人はノスタルジックになるとき思い出すんだ。ぼくたちが大人になって知ったこの世界よりも、もっといい世界を。思い出して、いい世界がまた戻ってくればいいと思う」と。

このアキラの台詞は、「世界に対するナイーブな見方の中に、失われた理想や感動的なもの、美しいものを見るのです」(「朝日新聞」2006.10.18)というイシグロの発言と同一のものであり、〈ノスタルジア〉とは、幼少期の〈エデン的記憶〉への追憶であり、〈理想主義の感情的等価物〉だとする、イシグロ文学の重要なモチーフでもある。

最近のインタビューでもイシグロはこんな発言を繰り返している。「私はとくに、ノスタルジーを掻き立てる幼少期の記憶に惹かれるんです。ノスタルジーはとても興味深い感情です。(略)ノスタルジーとは、幸せだった楽しい時間を想起するだけでなく、世界が善意にあふれた人々によるもっとも美しい場所だと確信していたころを思い出すことでもあります。それは、決して存在しないとわかっている、ある理想的な場所の記憶なんです」(『動的平衡ダイアローグ』2014)と。

この発言に、イシグロのナイーブさやオプティミズムを感じる人もあるかもしれない。しかし一方でイシグロは、「ノスタルジアは、ときにいとも簡単にナショナリズムと結託します」「僕はコンサバティヴな人間ではありません。過去を美化しているつもりはない」(『Esquire(日本版)』2006.12)とくぎを刺し、ときとして国家の権力的記憶と結びつく過去への〈郷愁〉への警戒を、しばしば口にしていることも忘れてはならない。

4

わたしを
離さないで
2005

クローン時代の歪んだ形の世界観

　1990年に本作の執筆に取りかかったイシグロは、当初、核兵器、あるいは冷戦をモチーフとした小説を構想していたが、いきづまって断念した。再執筆のきっかけは、1996年7月にエディンバラ大学のロスリン研究所で雌羊の成体体細胞から、哺乳類初のクローン羊ドリーが誕生したことであった。

　もし、羊ではなくヒト・クローンが、人類の医療に資するために大量に作られることがあるとすれば、生み出された個体には、人間と同じ〈魂〉が宿るかもしれない。そのようなクローンの〈人権〉を擁護するための、モデル的実験施設として、『わたしを離さないで』の舞台ヘイルシャム校は設立された。英国各地の劣悪な環境のもとで、いわば飼育されているクローンとは違い、ヘイルシャムでは、クローンの情操を証明するために、創造力の育成に力がそそがれている。

　時は1990年代末のイギリスである。近未来的なSFと見做されることを避け、この物語を「我々が住む人間の状況の、一種のメ

タファー」「我々がこういうふうに生きているという形の歪んだ鏡」（『文学界』2006.8）にするため、イシグロは敢えて、現実世界とのパラレル・ワールドを、リアルタイムの年代において描いたのである。「運命から尊厳を育てていこうとするといったテーマは同じです」（『文学界』2006.8）というイシグロのことばもあるように、物語の表皮を覆うクローンという設定は衝撃的なものであっても、前4作すべてに通底する主題が、ここにもまた反復されているといえる。

　語り手は、31歳の介護人キャシー・Hである。キャシーはイングランド各地を車でまわりながら、ヘイルシャムで過ごした子どものころを懐かしみ、親友であったトミーとルースへの、愛憎入り混じる感情を語りつづけるのである。トミーもルースも、〈提供〉という、クローンに与えられた生の目的を全うして、キャシーよりも一足先に〈終了〉、すなわち命の終わりを迎えた。キャシーも間もなく12年の介護人生活を終え、ドナーとなって短い生を終える日を目前に控えている。

　物心ついたときからヘイルシャムで、保護官によって養育されてきた子どもたちは、自分たちがクローンであることも、臓器提供という使命を負っていることも、与えられた命の短かさも知らない。成長し、やがて宿命に気づいたあとも、抗うことも疑問を呈することもなく、与えられた役割を静かに享受し、生をまっとうする。ヘイルシャムは、前作の『私たちが孤児だったころ』の租界と同じように、イシグロがしばしば口にする〈子ども時代のエデン的記憶〉、〈気泡に包まれた子ども時代〉と同様のメタファーでもある。

日本の古い映画から人と人の関係性学ぶ

　ルースは、トミーとキャシーが互いに愛し合っていることを知りながら、幼いころからふたりの関係に割って入り、トミーと恋人の関係をつづけた。しかし命を終える直前、ルースは過ちを認めて心から詫び、ひとつの噂を口にする。それは、ヘイルシャムの出身者

は、互いの愛が真実のものであることを証明できれば、〈提供〉までの時間に猶予が与えられるというものだった。トミーとキャシーは、失われたふたりの時間を取り戻すために必死で努力をする。だがそれはただの噂に過ぎなかった。トミーとキャシーは、苛酷な真実に直面し、絶望のうちに孤独な最後を迎えることになる。しかし、悲壮なこの結末にも関わらず、イシグロは、むしろ肯定的で力強いメッセージを伝えたかったのだという。人生は短い、だからこそ人は愛を求める、そして「愛は、死を相殺できるほど強力な力」(『文学界』2006.8)だということを伝えたかったのだというのだ。

　無知ゆえに幸福な時代を過ごしたヘイルシャムも、ふたりの友人も消えてしまったいま、ひとり残されたキャシーは、「わたしの大切な記憶は、けっして薄れることはありません。（略）わたしは心の中にしっかりとヘイルシャムを抱いていきましょう。誰にもそれは奪われることはありません」と口にする。「記憶は死に対する部分的な勝利」(『動的平衡ダイアローグ』2014)なのだという、イシグロのメッセージである。ここでは、〈記憶〉とは〈愛〉だといい換えることができるかもしれない。

　イシグロは、ノーベル賞の受賞講演で、日本の古い映画から、人物そのものよりも、人と人との関係に着目することを学び、『わたしを離さないで』にもそれが生かされたと語った。キャシーとトミー、そしてルースのあいだで交わされる、愛や友情のかたちに、わたしたちは、その痕跡を見ることができる。

　そしてこの考えは、ノーベル賞記念講演『私の20世紀の夕べ──そしてその他ささやかな現状打破』にも示された。(「おわりに」参照)

5

忘れられた巨人
2015

ベルリンの壁崩壊やアメリカ同時多発テロ事件から

　イシグロは初期の作品において、ひとりの人間の記憶が、社会の劇的な変化に応じて変容するさまを書きつづけてきた。しかし、個人の記憶を通して、国や民族を超えた普遍的な記憶の問題を描くことには限界を感じていたという。また、1989年にベルリンの壁が壊され、冷戦がひとまずは終結を迎えたことで、周囲には安堵の声や楽観論が生まれるなか、イシグロは漠然とした不安を感じつづけていた。やがてその予感は的中し、世界には新たな危機がつぎつぎと生まれることになった。

　イシグロが2009年に出版した短編集『夜想曲集―夕暮れと音楽をめぐる五つの物語』に、1989年のベルリンの壁崩壊から、2001年のアメリカ同時多発テロ事件、すなわち9.11までの時代設定がおこなわれ、まるでレコードの盤のように回転し循環する物語が描かれるなかに、銃や亀裂を想起させる音や破壊のイメージがさりげなく挿入されているのもそのためであった。

　『忘れられた巨人』の構想段階で大きな契機となったのは、

1991年から2000年にかけて、多民族国家であった旧ユーゴスラビアが解体されていった出来事だった。10代のころに幾度か訪れて愛着をもっていたユーゴスラビアが、クロアチア紛争、ボスニア・ヘルツェゴビナ紛争、コソボ紛争など民族間の争いによって分裂していく姿に、イシグロは激しい衝撃を受けた。それまで平穏に共存して暮らしていた民族同士が、とつぜん過去の憎悪を蘇らせ、互いの反目を露わにしたのである。力によって抑え込まれていた憎しみの感情と復讐の心が、隠されたところで増殖し保持されていたことを、イシグロは驚きとともに知った。そして世界には、真の平和とともに、偽りの平和があることを、改めて痛感したのである。これを機にイシグロは、かねてから関心を抱いていた〈共同体の記憶〉について書くことを明確に意識したのだという。
　さらにまた、イシグロに衝撃を与えたのは、アフリカのルワンダで1994年に発生したジェノサイドである。フツ系の政府とそれに共鳴するフツ過激派が、近隣に住む数十万人とも伝えられるフツ穏健派とツチの民族を集団殺害した事件である。さらにまた、1999年にアウシュビッツを訪れたとき、われわれが何を記憶すべきか、何を忘却すべきか、という問いも浮かび上がったと、ノーベル賞の受賞講演で語っている。
　さらに2004年にイシグロは、スイスのダボスで毎年開かれる世界経済フォーラム、ダボス会議に招聘され、「記憶」をテーマに講演をおこなったが、そこで、ホロコースト・ミュージアムのディレクターや、ニューヨークで9・11の博物館の設立に携わっている人びとと情報を交わした。そのときの印象をイシグロは、人びとが受けた傷も記憶も立場によってさまざまだと感じた。「すべての人が納得するような答えを見出すのは、途方もなく困難であることを知りました。おそらく不可能に違いありません」(『WIRED(日本版)』2015.12)とイシグロはのちに語っている。正攻法でこの問題に立ち向かうには、多大な困難があることを悟ったのである。
　やがてイシグロは、ファンタジーの形式で、この問題に向かうこ

とを思いついた。侵入するサクソン人と闘った伝説の英雄アーサー王没後のグレートブリテン島を舞台に、〈共同体の記憶〉に対する問いを、読者に投げかけたのである。もとより解答の出る問題ではないことを承知の上で。

忘れられた記憶に潜む過去の悪しき本性

　正体不明の霧に包まれて暮らす人びとは、過去の記憶ばかりか、つい先ごろの記憶さえも失っている。そのせいもあって、ブリトン人もサクソン人も、先頃までの争いの記憶を忘れ、平穏に暮らしている。主人公であるブリトン人の老夫婦アクセルとベアトリスは、なぜか共同体のなかで不遇な暮らしを強いられているが、ある日おぼろな記憶を頼りに、遠い地で暮らす息子を訪ねる旅に出る。

　アクセルは妻のベアトリスを〈お姫様〉と呼んでいたわりながら旅をつづけるが、その途中、ふたりはサクソン人の若き騎士ウィスタンと、悪鬼に噛まれてウィスタンに救い出された少年エドウィン、そしてアーサー王の甥である老騎士のガウェインと出会う。一行は修道院で神父から、霧の正体が、クエリグ雌竜の吐く息であり、それが人びとの記憶を奪っているのだと知らされる。竜を倒そうとするサクソン人の若い騎士と守ろうとするアーサー王の甥の老騎士。〈ケルンの巨人〉と呼ばれる碑の近くに、竜が住む場所で、アクセルとベアトリスはふたりの決闘を見届ける。

　老騎士は倒され、やがて忘却の霧が晴れ、民族間で忘れられたかに見えていた記憶〈忘れられた巨人〉が目を覚ますと、記憶を取り戻した人びとの心に、かつての憎しみも蘇り、ふたたび争いの時代を迎えることになる。記憶を取り戻したアクセルとベアトリスのふたりも、ベアトリスの不実な過去を思い出し、息子もまた家を出て行ったあと、はやり病で亡くなったこともわかる。そうした哀しい過去を思い出したふたりは、絆のつよい夫婦でなければ渡れない島に同じ船で渡ることを船頭に懇願するが、別べつの船に乗せられ、ふたたび会える望みもないままに、旅立っていく。

イシグロはインタビューで、幼いころ妖怪やサムライの出てくる昔話をよく読んだといい、「日本の昔話のなかには、鬼が自然に登場します。それから、人を化かすキツネなども当たり前に登場します。そうした存在を通して読者は、何か古代に通じる奥深い世界へと誘われるわけです。そういう文化的な背景があって、わたしはどんなファンタジーもごく自然に感じてしまうのでしょう」(『WIRED(日本版)』2015.12)と日本文化からの影響を語った。『忘れられた巨人』が子ども向けのファンタジーとして認識されることがなく、文学のさまざまな手法を内包した、ジャンルや形式にとらわれない小説として読まれることを望んだのである。それには、イースト・アングリア大学時代の恩師で、マジック・リアリズムの旗手と称されたアンジェラ・カーター(1940–1992)の影響があったことも公言している。カーターの小説では、御伽噺、伝説、ファンタジーなど人類のさまざまな記憶が、現実描写のなかに織り込まれて、幻想的な世界を作り出しているのだ。

　イシグロは、これまでと同様、政治的な位置を明確に示すことはしないが、世界中のどの国にも〈忘れられた巨人〉が存在すること、その巨人を掘り起こすには、過去の悪しき記憶を蘇らせるに堪えるだけの強靭な力を、国家が身に着ける必要があると語っている。

ギルフォード駅に建つ碑

おわりに

　ノーベル賞受賞後のイシグロが、日本や長崎との臍帯を積極的に口にしはじめたのは、じつに嬉しい驚きであった。小学校から大学院まで一貫して英国の教育を受け、日本語は平仮名とかんたんな漢字以外は読めず、家庭では小学生レベルの日本語に英語を交えて会話をしたというイシグロは、「両親の教育が僕の行動パターンに決定的な影響を与えています。（略）いまだに日本人であるということが僕の大変重要な部分を占めているんです」（『Switch』1991.1）と語ることはあっても、彼の文学が日本という土壌に芽生えたものであると発言したことはほとんどなかったし、日本と英国ふたつの文化の〈混合物（mongrel）〉であると自称するときにはきまって、両文化のどちらにも偏在せず、つねに距離感を持って両国を眺める立場を闡明してきたからである。

　ノーベル賞の発表直後、ゴルダーズ・グリーンにある自宅の裏庭で、報道陣に囲まれてインタビューを受けたときイシグロは、「英国で育ち、教育を受けたが、自分の中には常に日本がある。日本人の両親に育てられ、家では日本語を話していたので、ものの見方や世界観、芸術的な感性の大部分は日本人だと思う」と、「芸術的感性」ということばを付け加えた。さらに場所を移して、ロンドンの出版社でおこなわれた会見でも、「もの

の見方、書き方は日本の文化から来ている」とし、川端康成、大江健三郎の名を挙げ、「その足跡に自分がつづくことに感謝している」と述べたうえで、「ものごとを日本的な方法で見るように教わってきた。それは両親の世代の古風な日本かも知れない」、日本を描いた最初の2作については「直接的な記憶というよりも、考え方や物事の見方、振る舞い方といったものに影響を受けた」と、彼の文学が日本の影響のもとに生まれたことを認めた。

　また12月10日の授賞式を前に、7日、ストックホルムのスウェーデン・アカデミーで開かれた会見では、同じく2017年の平和賞に、国際ＮＧＯ「核兵器廃絶国際キャンペーン」(ICAN)が選ばれたことを「大きな喜び」とも語り、被爆者である母や被爆地長崎、そして広島への深い共感と感動を示した。ノーベル賞作家となったイシグロは、原爆との直接的なつながりを問われることに逡巡を示した若い時代の自分を思い起こし、深層でなにか揺れ動くものを新たに見出したのではないだろうか。

　ノーベル賞記念講演では、『特急二十世紀の夜と、いくつかの小さなブレークスルー』(*My Twentieth Century Evening ── and Other Small Breakthroughs*)と題し、

貧富の差や人種間にあるさまざまな差別、地域間の対立や分裂の危機が増す現代社会において、〈感情〉の共有によって人と人の心をつなぐ文学の役割の重要性を説いた。タイトルの一部に使われた*Twentieth Century*（邦題『特急二十世紀』）とは、1934年に公開されたアメリカのロマンティック・コメディ映画で、この作品を妻のローナさんと観た夜に、何かがもの足りないと考えたイシグロは、それが人間の関係性への視点の欠如であることに気がついたという。

　また、晩餐会の席上でイシグロは、5歳の時に母親の静子さんから、「ノーベルショウ」は「ヘイワ」を広めるためにつくられた賞だと教えられた、と日本語を交えて遠い日のエピソードを語り、今もサリー州ギルフォードで暮らす母親に受賞を知らせる電話をしたとき、「ノーベルショウ」と日本語でいったとも語った。この「ヘイワ」について説くとき、イシグロの心には、「両親の世代の古風な日本」によって培われた寡黙さや謙譲、忍耐、静謐さ、そして赦しの心に裏付けられた〈感情の共有〉という文学の目的が思い浮かべられているに違いない。そうしたものは、イシグロの小説すべてに底流として流れる生きとし生けるものへの憐憫の情、悲哀のまなざし、イシグロ自身も受賞後の会見で思わず日本語で口にした、「モノノアハレ（物の哀

れ）」に行きつくものだからである。

　スウェーデン・アカデミーのサラ・ダニウス事務局長も、記念講演の講評で「記憶と忘却」がイシグロの重要なテーマであると再認したように、イシグロの心に、故郷長崎を離れて以来、〈記憶〉と〈忘却〉のはざまで揺曳していた個人的な問いは、やがていくつもの水脈に分かれ、ふたたび合流して、民族や国家の〈記憶〉と〈忘却〉の意味を問う大河となった。

　受賞後のいま漫画とのコラボレーションを構想しているというイシグロだが、〈マンガ〉は、子ども時代の情熱を思い起こさせるともいっている。主題は明かされていないが、世界中の、もしかすると字の読めない子どもたちにも伝わる〈ヘイワ〉へのメッセージが込められているのかもしれない。

　それが実現する日を楽しみに待ちたい。

カズオ・イシグロ年譜（附・長崎年譜） 1945-2017

1945年（昭和20）	8月9日11時2分、原子爆弾が長崎市北部の浦上地区、松山町に投下された。米軍による当初の目標地点は中島川に掛かる常盤橋付近であったが、落下地点が北に逸れ、市の北部を壊滅させることとなった。死者7万3884人、重軽傷者7万4909人。8月15日、終戦。占領軍が長崎に進駐
1946年（昭和21年）	1月から2月にかけて、古町から小川町を経由して長崎駅前に至る路線、長崎駅前から浦上駅前までが開通。暮れには歓楽街が復活、ダンスホール、キャバレー、飲食店が営業を開始した
1947年（昭和22）	南山手のロシア領事館跡に長崎海洋気象台が設立され、7月に開庁式が行われた
1948年（昭和23）	長崎くんちが復活。下西山町にあった長崎県立長崎高等女学校校舎が学制改革により、長崎東高校となった
1949年（昭和24）	市内のにぎやかな場所に点在してはいたが、公衆電話が復活。浜屋百貨店の地階には、長崎発の地下劇場、浜屋地下映画劇場が開館
1950年（昭和25）	8月、原爆被爆地の松山町に国際平和公園が作られ、上西山町に長崎公園、本河内町に中川公園、新地町に湊公園、寄合町に丸山公園など、市立公園がつぎつぎと作られた。9月、路面電車が、爆心地に近い大橋から住吉まで路線を延長
1953年（昭和28）	夏には、西浜町から思案橋に至る路面電車が開通し、戦前の路線がすべて復旧。原爆で破壊後バラックの姿で立っていた国鉄浦上駅の新しい駅舎が完成この年には、かつては田畑が広がっていた、浦上地区の北、現在の住吉に、4階建てアパート9棟が立ち並んだ
1954年（昭和29）	11月8日、長崎市新中川町に石黒鎮雄、静子の長男として石黒一雄誕生
1955年（昭和30）	8月8日、翌日の被爆10周年を記念して、平和公園内に、北村西望製作による平和祈念像が完成した。高さ約10メートル、青

■ 長崎県内の動き
■ カズオ・イシグロの年譜

	銅製で、空を指した指は原爆の恐ろしさを、水平にのばした左の手のひらは平和を象徴し、軽くとじたまぶたは、犠牲者の冥福を祈るものであった
1957年(昭和32)	4月、福田子供遊園地が開園。長崎初の遊園地として脚光を浴びた。(1996年に閉園
1959年(昭和34)	4月、桜ケ丘幼稚園に入園。 同年、稲佐山に長崎ロープウェイが開通
1960年(昭和35)	3月、桜ケ丘幼稚園を退園 4月、父鎮雄が英国国立海洋研究所に招聘されたのに伴い、一家でサリー州ギルフォードに移住、ストウトン小学校に入学、1966年卒業
1966年	ウォーキング・グラマースクールに入学、1973年卒業
1973年	スコットランドのバルモラル城で、クィーン・マザー(エリザベス2世の母)の雷鳥撃ちの手伝い(グラウス・ビーター)の仕事をする。一年間のギャップ・イヤーを取り、カナダ、アメリカなどを旅し、歌手になるための活動をするが、希望は達せられなかった。
1974年	ケント大学に入学、英文学と哲学を専攻、在籍中の1975年から翌年にかけ、グラスゴーでコミュニティ・ワーカーとして働く、1978年卒業
1978年	ロンドンでホームレス支援に携わり、仕事を通して、ローナ・アン・マクドゥーガルを知る
1979年	イースト・アングリア大学大学院創作科に入学、アンジェラ・カーター、マルカム・ブラッドベリ指導のもと本格的に小説を書き始める
1981年	大学院入学前に書いた「Jを待ちながら」("Waiting for J.")、「毒を盛られて」("Getting Poisoned")、在学中に書いた「奇妙な折々の悲しみ」("A Strange and Sometimes Sadness")の三短篇が、『イントロダクション7-：新人作家作品』(*Introduction 7:Stories by New Writers*)に掲載される 「ある家族の夕餉」("A Family Supper")が「クォート」

	(*Quarto*)に掲載される。本作は「火の鳥 2」(*Firebird 2*, 1983)、『ペンギン版現代英国短篇集』(*The Penguin Book of Modern British Short Stories*, 1988)に再録
	この年から翌年にかけ、再びホームレス支援の仕事に就く
1982年	長編第一作『遠い山なみの光』(*A Pale View of Hills*)出版。英国王立文学協会よりウィニフレッド・ホルトビー賞受賞
1983年	イギリス国籍を取得。「戦争のすんだ夏」("Summer After the War")が「グランタ7」(*Granta 7*)に掲載される
1984年	テレビドラマ「アーサー・J・メイソンのプロフィール」("A Profile of Arthur J. Mason")がチャンネル4で10月12日に放映される
1986年	長編第二作『浮世の画家』(*An Artist of the Floating World*)出版。ウィットブレッド賞受賞。ブッカー賞最終候補にノミネート
	アイルランド出身のローナ・アン・マクドゥーガルと結婚
	4年前に脚本執筆の依頼を受けた「ザ・グルメ」("The Gourmet")が5月4日、チャンネル4で放映された。後に「グランタ 43」(*Granta 43*)に掲載
1989年(昭和64)	長編第三作『日の名残り』(*The Remains of the Day*)出版。ブッカー賞受賞
	11月、渡英後初来日、ローナ夫人とともに、長崎を訪問、桜ケ丘幼稚園、新中川町の生家跡を訪ねる
1990年(昭和65)	ケント大学から名誉博士号を授与される
1992年	一人娘のナオミ誕生
1993年	映画『日の名残り』(ジェームズ・アイヴォリー監督)公開、アカデミー賞8部門にノミネート
1995年	長編第四作『充たされざる者』(*The Unconsoled*)出版。チェルトナム賞受賞、イースト・アングリア大学から名誉博士号を授与される
	文学への貢献が認められ大英帝国勲章(OBE)を授与される

	イタリア・スカンノ文学賞を受賞
	ナショナル・ポートレート・ギャラリーに、ピーター・エドワーズ作の肖像画が掲げられる
1998年	フランス芸術文化勲章(レジオンドヌール勲章シュバリエ賞)受賞
2000年	長編第五作『わたしたちが孤児だったころ』(*When We Were Orphans*)出版。ウィットブレッド賞とブッカー賞最終候補にノミネート。
2001年	短篇「日の暮れた村」("*Village after Dark*")を「ニューヨーカー(*New Yorker*)」に掲載
	2度目の来日
2003年	映画「世界でいちばん悲しい音楽」(*The Saddest Music in the World*)(ガイ・マッデン監督)公開
	セント・アンドリュース大学より名誉博士号を授与される
2005年	長編第六作『わたしを離さないで』(*Never Let Me Go*)出版。マン・ブッカー賞最終候補にノミネート。全米批評家協会賞、コモンウェルス賞、BBCブッククラブ賞の最終候補にノミネート。「タイム」誌のオール対オムベスト100(1923-2005)に選出
	映画『上海の伯爵夫人』(*The White Countess*)(ジェームズ・アイヴォリー監督)公開
2008年	「タイムズ」紙で「1945年以降の英文学で最も重要な50人の作家」に選出
2009年	短篇集『夜想曲集—音楽と夕暮れをめぐる五つの物語』(*Nocturnes: Five Stories of Music and Nightfall*)出版
2010年	映画『わたしを離さないで』(マーク・ロマネスク監督)公開
2015年	長編第七作『忘れられた巨人』(*The Buried Giant*)出版
	3度目の来日
2017年	ノーベル文学賞受賞

参考文献

Iyer, Pico. "Waiting Upon History," *Partisan Review*, 1991
Jaggi, Maya. "Dreams of Freedom" *The Guardian*, 1995.4.29
Steinberg, Sybil. "Kazuo Ishiguro: A Book About Our World," *Publisher's Weekly*, 1995.9.18
Krider, Dylan Otto. "Rooted in a Small Space: An Interview with Kazuo Ishiguro," *Kenyon Review 20*, 1998. 2
Lewis, Barry. *Kazuo Ishiguro*, Manchester University Press, 2000
Mackenzie, Suzie. "Between Two Worlds," *The Guardian*, 2003. 3. 25
Shaffer, Brian W. "An Interview with Kazuo Ishiguro," *Contemporary Literature*, Spring, 2001
Mason, Gregory. "An Interview with Kazuo Ishiguro," *Conversations with Kazuo Ishiguro*, University Press of Mississippi, 2008
Bigsby, Christopher. "In Conversation with Kazuo Ishiguro," *Conversations with Kazuo Ishiguro*, University Press of Mississippi, 2008
Sexton, David, "Interview: David Sexton Meets Kazuo Ishiguro," *Conversations with Kazuo Ishiguro*, University Press of Mississippi, 2008
Swift, Graham. "Shorts: Kazuo Ishiguro" *Conversations with Kazuo Ishiguro*, University Press of Mississippi, 2008
Kazuo Ishiguro with F. X. Feeney
〈http://www.writersblocpresents.com/archives. ishiguro. htm〉
池田雅之『イギリス人の日本観』(河合出版)1990
和田俊「カズオ・イシグロを読む／ルーツをたどる長崎への旅」『朝日ジャーナル』1990.1.5
青木保「カズオ・イシグロ　英国文学の若き騎手」『中央公論』1990.3
山川美千枝「Kazuo Ishiguro 日本にたいしてずっと深い愛情を持ち続けてきた」『CAT cross and talk』1990.12
大江健三郎・カズオ・イシグロ「もうひとつの丘へ　作家の生成」『Switch』1991.1
濱美雪「もうひとつの丘へ　イングランドからの眺め[丘へとつづくゆるやかな道]」『Switch』1991 .1
坂口明憲「庭を覗く少年—カズオ・イシグロ『浮世の画家』考」『多文化時代のイギリス小説』(金星堂)1993
新元良一「カズオ・イシグロ　気泡の生活者」『新潮クレスト・ブックス　来たるべき作家たち』(新潮社)1998
『たちばなの歩み100年』(橘同窓会)2000
「阿川佐和子のこの人に会いたい」(『週刊文春』2001.11.8
平井杏子「カズオ・イシグロの長崎」『文学界』2003.12
柴田元幸『ナイン・インタビューズ　柴田元幸と9人の作家たち』(アルク)2004
平井杏子「迷路へ、カズオ・イシグロの」『文学空間』(風濤社)2005
岡林隆敏編著『上海航路の時代』(長崎文献社)2006
大野和基「カズオ・イシグロ—『わたしを離さないで』そして村上春樹のこと」」『文学界』

2006.8
「『失われた理想大切にしたい』─英国人作家カズオ・イシグロさん語る」『朝日新聞』2006.10.18
立田敦子「カズオ・イシグロ─記憶の中に立ち上がる、私の"二都物語"」『婦人公論』2006.11
入江敦彦「Kazuo Ishiguro 旅人の視線、異邦人の視線。」『Esquire(日本版)』2006.12
山口広助『長崎游学3 長崎丸山に花街流うたかたの夢を追う』(長崎文献社)2007
堺屋修一(写真)永松実(文)『長崎昭和レトロ寫眞館』(長崎新聞社)2007
「カズオ・イシグロ 柴田元幸──僕らは一九五四年に生まれた」『Coyote』2008.3
「特集 カズオ・イシグロ」『水声通信』2008.9
平井杏子『カズオ・イシグロ──境界のない世界』(水声社)2011
荘中孝之『カズオ・イシグロ──〈日本〉と〈イギリス〉の間から』(春風社)2011
福岡伸一『動的平衡ダイアローグ』(木楽舎)2014
「私はなぜ『日の名残り』を4週間で書けたのか」『COURRIER』2015.2
NHK「カズオ・イシグロ文学白熱教室」2015.7.17放送
「カズオ・イシグロの本棚」『朝日新聞』2015.7.19
「『問い』から生まれるファンタジー:問題作『忘れられた巨人』をカズオ・イシグロが語る」『WIRED(日本版)』2015.8
Kei Wakabayashi「埋められた感情 カズオ・イシグロ」『WIRED(日本版)』2015.12
小池昌代・阿部公彦・平井杏子・中川僚子・遠藤不比人・新井潤美・藤田由季美・木下卓・岩田託子・武井博美『カズオ・イシグロの世界』(水声社)2017
『カズオ・イシグロ読本──その深淵を暴く』(宝島社)2017
日吉信貴『カズオ・イシグロ入門』(立東舎)2017
平井杏子「カズオ・イシグロ、または読むことの軌跡」『読書空間、または記憶の舞台』(風濤社)2017
光易恒「石黒鎮雄博士の思い出」『日本海洋学会ニュースレター』2017.6
「特集 カズオ・イシグロの世界」『ユリイカ』(青土社)2017・12
長谷部恭男「人としていかに生きるか──カズオ・イシグロの世界」『世界』2017.12
真野恭「カズオ・イシグロのボーダレスな小説世界」『世界』2017.12
「カズオ・イシグロが語った『村上春樹と故郷・日本』」『文學界』2017.12
酒井信「カズオ・イシグロの中の『長崎』」『文學界』2017.12

小説の引用はFaber & Faber版を使用し、早川書房版、小野寺健訳『遠い山なみの光』(2001)、飛田茂雄訳『浮世の画家』(2006)、土屋政雄訳『日の名残り』(2001)、古河林幸訳『充たされざる者』(2007)、入江真佐子訳『わたしたちが孤児だったころ』(2001)、土屋政雄訳『わたしを離さないで』(2006)、土屋政雄訳『夜想曲集──音楽と夕暮れをめぐる五つの物語』(2009)、土屋政雄訳『忘れられた巨人』(2015)を参照させていただいた。

著者プロフィール

平井杏子（ひらいきょうこ）

長崎市生まれ。エッセイスト。昭和女子大学名誉教授。
専攻英文学。おもな著書『アイリス・マードック』（1999年、彩流社）、『アガサ・クリスティを訪ねる旅』（2010年、大修館書店）、『カズオ・イシグロ─境界のない世界』（2011年、水声社）、『ゴーストを訪ねるロンドンの旅』（2014年、大修館書店）。翻訳『ジャクソンのジレンマ』（2002年、彩流社）。共著『サミュエル・ベケットのヴィジョンと運動』（2005年、未知谷）、『名作は隠れている』（2009年、ミネルヴァ書房）『〈インテリア〉で読むイギリス文学』（ミネルヴァ書房）ほか。

コラム 取材／	小川内清孝　宮下陽子
取 材 協 力／	長崎地方気象台　長崎電気軌道株式会社　株式会社浜屋百貨店
	瓊浦高等学校　吉田良三　藤原新一　中尾武
写真提供・協力／	共同通信社　堺屋修一　田中皓子　岡林隆敏
	ブライアン・パークガフニ　小池徳久
	写真：クレジットの入っていない写真は筆者撮影・または出版社所蔵
デザイン・AD／	ミウラデザイン事ム所

カズオ・イシグロの長崎

発行日	初版2018年 3月15日　第2刷2018年 10月10日
著　者	平井杏子
発行人	片山仁志
編集人	堀　憲昭
発行所	株式会社長崎文献社
	〒850-0057
	長崎市大黒町3-1　長崎交通産業ビル5階
	TEL.095-823-5247　FAX.095-823-5252
	メール info@e-bunken.com　nagasakibunkensha@gmail.com
	ホームページ http://www.e-bunken.com
印　刷	株式会社インテックス

ISBN978-4-88851-291-6　C0023
ⓒ2018、Kyoko Hirai,Printed in Japan
◇無断転載、複写を禁じます。
◇定価はカバーに表示してあります。
◇落丁本、乱丁本は発行元にお送りください。送料当方負担でお取り換えします。

人を育て、街をつくる
株式会社 西海建設

【本社】長崎県長崎市興善町2番8号
TEL 095-825-1413
http://www.saikai-grp.com/

未来を見つめ、今を磨く

大正5年 橋本商会

始まりは日本に明治維新の波が押し寄せた時代。武士の身分から商人の道へ進むことを決めた橋本雄造は明治五(一八七二)年、新天地を求め渡った長崎で株式会社橋本商会の前身となる「中津屋橋本商店」を創業しました。

以来、百四〇年余りの間にはサルベージ業、トロール漁業、海運業、飲食業など様々な事業を展開。夢に向かって前進を続けた先人たちの熱い思いが弊社の礎を築き上げました。

初代雄造がいつも心がけていたものは時代が必要とするものを読み解く力——

二〇二二年、弊社は創業百五〇年の節目を迎えます。これからも時代のニーズに即応し、お客様へ製品・情報・サービスをご提供できるよう「技術情報商社」を志向して、さらなる努力を行ってまいります。

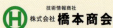

技術情報商社
株式会社 橋本商会

〒850-0035 長崎市元船町14番10号
TEL.095-823-3121 (代表) / FAX.095-822-6823
mail webmaster@hashimoto-shokai.com
https://www.hashimoto-shokai.com

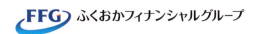 ふくおかフィナンシャルグループ

あなたのいちばんに。

ブランドキャラクター「ユーモ」

 親和銀行

森からはじまる、木のここち

窓から見える風景に心奪われたことがありますか。

さわさわと風に揺れる木々や

ぽかぽかと舞い込んでくるこもれび

季節によって見える風景を変え、

見る人の目をあきることなく楽しませてくれます。

浜松建設は、森が教えてくれるここちいい暮らしを提案します。

浜松建設

0120-74-8002
E-mail:info@hamamatsu-kensetsu.co.jp

見学予約はホームページから　浜松建設　検索

大村モデルハウス公開ご案内中

ホームページ

[本社]長崎県諫早市森山町唐比北341-3 [島原支店]長崎県南島原市深江町丁4130-1 [佐世保支店]長崎県佐世保市田の浦町424-11
[建設業許可番号] 特定建設業　長崎県知事許可(特-25)491号　[宅建業許可番号] 宅地建物取引業　長崎県知事(1)第3874号

運ぶ、広がる、未来を支える

松藤グループ

〒850-8558 長崎市五島町3番25号　https://www.matsufuji-gr.com/　TEL:095-822-7165　FAX:095-822-7160

視える喜びを

もっと素敵な目にあいたい
めがねのコクラヤ

■万屋店　■東長崎店
■アミュプラザ店　■コンネックス
☎095-825-2600（万屋店）

ステーキハウス おかめ Since 1966

歴史の街のいりぐちで
永く愛されてきたステーキ店

〒850-0901
長崎市本石灰町6番8号
☎(095)824-3048

---

since1959

輸送を通じて
企業と社会に貢献する

SEIKAN GROUP

製缶陸運株式会社

長崎本社
〒851-0133 長崎市矢上町 48-1
TEL(095)839-3211
FAX(095)839-8520

創業 1916 年

㊄ 株式会社 鈴木商店

代表取締役会長 鈴木一郎
代表取締役社長 鈴木茂之

〒850-0862　長崎市出島町3番10号
TEL(095)826-2251　FAX(095)826-2252

カーポート出島

長崎市出島町1番10号　TEL(095)827-5645

卓袱料理　会席料理

料亭　橋本
（はしもと）

長崎市中川1丁目4番5号
095-825-2001

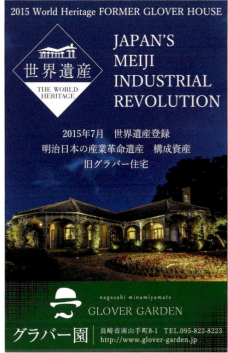

2015 World Heritage FORMER GLOVER HOUSE

世界遺産　THE WORLD HERITAGE

JAPAN'S MEIJI INDUSTRIAL REVOLUTION

2015年7月　世界遺産登録
明治日本の産業革命遺産　構成資産
旧グラバー住宅

nagasaki minamiyamate
GLOVER GARDEN
グラバー園

長崎市南山手町8-1　TEL.095-822-8223
http://www.glover-garden.jp

長崎チロリ

有限会社 瑠璃庵　www.rurian.com

ステンドグラス教室　〒850-0918　長崎市大浦町9番31号瑠璃庵ビル2F
TEL 095-822-7066 FAX 095-827-7235

吹きガラス工房　　〒850-0921　長崎市松が枝町5番11号
TEL 095-827-0737 FAX 095-827-0778

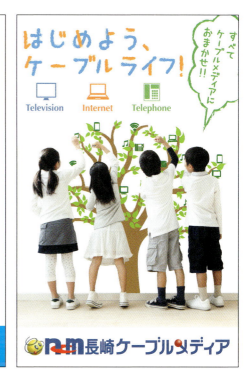

http://www.ougis.co.jp

扇精光ソリューションズ株式会社
〒851-0134　長崎市田中町585番地5
TEL (095) 839-2111　FAX (095) 839-7766

扇精光コンサルタンツ株式会社
〒851-0134　長崎市田中町585番地4
TEL (095) 839-2114　FAX (095) 839-2197

扇精光ホールディングス株式会社
〒850-0023　長崎市出来大工町36番地
TEL (095) 824-2041　FAX (095) 823-0573

人は「ありがとう」でつながっている。

メモリードグループは、[婚礼サービス]および[葬儀サービス]を中心に、

様々な分野の事業を各地で展開しております。

これからもお客様が真に望むことをサービスの原点として考え

大切な人生のセレモニーを、心の通うおもてなしでお届けいたします。

メモリードグループの企業理念
1. 助け合う事業
2. 手助け、お手伝いする事業
3. 支援する、アドバイスする事業

http://www.memolead.co.jp

メモリードグループ総合本部　長崎県西彼杵郡長与町高田郷1785-10
メモリードグループ東京本部　東京都世田谷区砧2-4-27

株式会社メモリード（長崎）　　　　／長崎県長崎市稲佐町2-2
株式会社メモリード佐賀事業部　　／佐賀県佐賀市天神1-1-28
株式会社メモリード福岡事業部　　／福岡県福岡市中央区警固3-1-7
株式会社メモリード宮崎　　　　　／宮崎県宮崎市青葉町5-1
株式会社メモリード（群馬）　　　／群馬県前橋市大友町1-3-14
株式会社メモリード東京　　　　　／東京都世田谷区砧2-4-27
株式会社メモリード埼玉事業本部　／埼玉県川越市広栄町11-3
株式会社メモリード・ライフ（少額短期保険）／東京都文京区小石川1-2-4

よろこびは、街を育てる。

平成27年7月5日、長崎の街が沸いた。

歓喜の声をあげるひと。涙ぐむひと。握手を交わすひと。

長崎初の世界遺産「明治日本の産業革命遺産」は、街を華やかに活気づけた。

多くのひとが世界遺産登録を喜んだ。

そして、この街にはもうひとつ、すばらしき宝がある。

県内に点在する「長崎と天草地方の潜伏キリシタン関連遺産」。

ここは、キリスト教の歴史の変遷を物語るかけがえのない長崎の宝として、

今もなお歴史を刻んでいる。

また近い将来訪れるであろう喜びを、十八銀行はみなさまとともに分かち合い、

育んでいきたい。

これからもずっと、長崎とともに。

大切にしたい 心と心
18ank 十八銀行

名もなき一日を走る。
長崎バス

高浜 ── 樺島線 ──

「軍艦島!」

あきらかに観光客の少女。
「あの岩はなんですか?」
夫婦岩だよ…と、少女のうしろからおずおずと、釣り客のおじさん。
「あの鳥はなにどり?」
「ごはんの美味しいところは?」
「絶景スポットってあります?」
よしきたと、さらなる質問攻めに。こういう都会の子、いるいる、と、ほかの地元客はナナメを見ていた。
そしてパシャ!とスマホのシャッター音。
…おじさんと、まさかの自撮。ふたりでピース。
圧倒されながらも。
なんだかんだ、みんなニコニコ。
発車します。